Pour Christine Mayer

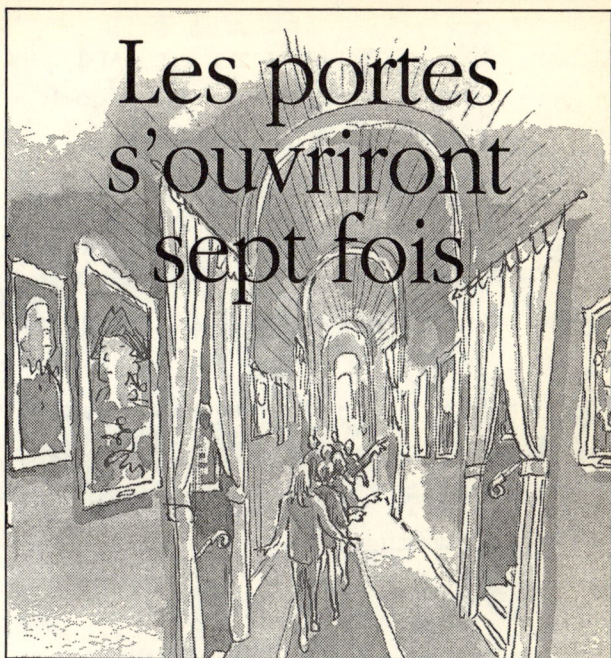

Les portes s'ouvriront sept fois

de Marie Saint-Dizier
illustrations de François Lachèze

FOLIO JUNIOR/**GALLIMARD** JEUNESSE

LE CLUB DE QUATRE HEURES

MANON, SOPHIE, ALEXIS ET LAURETTE, SONT QUATRE AMIES DE DOUZE ANS. ELLES HABITENT LE QUARTIER LATIN À PARIS ET FRÉQUENTENT LE COLLÈGE GASTON LEROUX.

MANON

Croit que personne ne l'aime. Se trouve ronde-lette et pas jolie mais est convaincue de son intelligence. Essaie désespérément de vaincre son vertige et sa peur du noir. Fabrique des gâteaux. C'est la fille de la pâtissière du *Régal de Vulcain*, rue Saint-André-des-Arts.

SOPHIE

L'héroïne de *Ne Jouez pas sur mon piano!* (Lecture junior). Ne porte que des survêtements noirs. Adore les livres et la mythologie. Habite passage Saint-André-des-Arts avec sa mère, sa sœur Anaïs, l'ami de sa mère et le fils de celui-ci, qu'elle a surnommés le Bourlingueur et le Ouistiti. Joue du piano et enregistre les bruits sur son micro-magnétophone.

ALEXIS

La chef de la bande. Intrépide, voire kamikaze.
Aurait préféré être un garçon. Défend volontiers
les plus faibles. Veut devenir juge pour enfants.
Fait de la photo et a une passion pour l'informatique. Habite rue de Seine. Son père est le médecin du quartier.

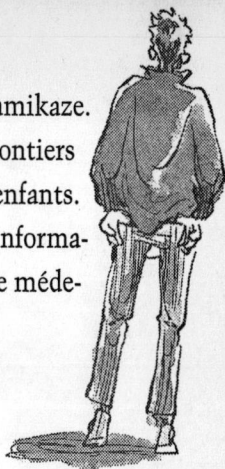

LAURETTE

Tricote elle-même ses bonnets et ses pull-
overs de toutes les couleurs. Ne se sépare
jamais de son pendule. Se dit sorcière. Adore
les parfums et s'inonde d'encens. Habite une
vieille maison, rue Saint-Jacques, dont sa mère
est la concierge.

CETTE NUIT, 30 OCTOBRE, À PLUS DE MINUIT, JE N'ARRIVAIS PAS À M'ENDORMIR.

Chez mes grands-parents, les stores des fenêtres ne laissent pas passer le plus petit filet de lumière et dans le noir complet, je ne peux pas fermer l'œil. Tout à coup, je l'aurais juré, j'ai entendu le cri d'un loup, dans la forêt voisine. Je me suis ratatinée dans mon lit, écoutant la tempête qui courait dans les grands arbres. J'avais beau me dire : « Allons, j'ai douze ans, je ne crois plus au loup », rien n'y faisait.

Je me revoyais à six ans en face de la porte de la remise ouverte sur le noir de tous mes cauchemars. Cela se passait dans l'ancienne maison de Grand-père qui travaillait au château. Quand j'allais porter de la nourriture aux lapins, à la nuit tombée, mes cousins me guettaient, tapis derrière les clapiers et dès que je passais la porte, ils sautaient sur moi en hurlant comme des loups. Et ma frayeur avant d'entrer dans la forêt

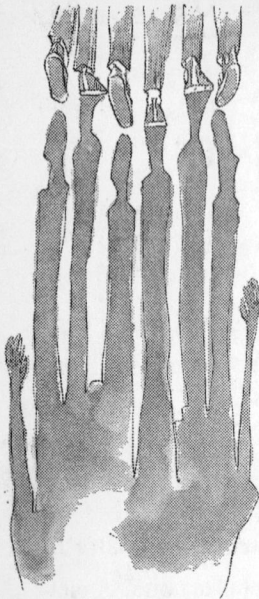

où nous jouions à cache-cache et qu'ils me disaient : «Cette nuit, c'est la pleine lune. Le loup va venir te manger.»

Je me suis précipitée sur le lit de mon amie Alexis et je l'ai secouée.

– Eh bien, quoi, qu'est-ce qu'il se passe? Ah, ce hurlement! Ne me dis pas que tu as peur, Manon!

Elle a parlé si fort qu'elle a réveillé Sophie et Laurette.

– On dirait un loup, a dit Laurette en me rejoignant.

– Ou plutôt un rôdeur, a dit Sophie en enfilant sa robe de chambre.

J'ai posé les mains sur la vitre glacée de la fenêtre et scruté l'obscurité. Derrière la maison de mes grands-parents, la dernière à l'orée du village, un vieux réverbère borgne éclaire le sentier du facteur et quelques bosquets pelés. Il faut se dévisser la tête, à droite, pour voir se dresser les premiers chênes de la forêt.

– Rien, a murmuré Alexis. De toute façon, il n'y a plus de loups.

– Si, il en reste! s'est écriée Laurette. De temps en temps, on en voit rôder un ou deux dans les campagnes reculées.

– On n'est pas dans une campagne reculée mais en Bourgogne, a protesté Sophie. C'est peut-être un chien sauvage.

Le cri du loup a repris, encore plus sinistre, et un autre lui a répondu en écho.

Sans prévenir, Alexis a ouvert la fenêtre et la bourrasque s'est engouffrée dans notre chambre.

– Là, là! Ces deux silhouettes, près des pins!

Mais oui, c'étaient bien mes détestables cousins, Gilles et Denis, qui déguerpissaient de la forêt où ils avaient dû passer des heures à épier les furets. En s'approchant de la maison, ils ont levé la tête vers notre fenêtre et il y a eu un bref ricanement. Quand je pense que mon frère de six ans, Florian, dort dans la même chambre. C'est comme si un délinquant mineur rencontrait des criminels endurcis en prison!

Les cousins ont remonté l'escalier avec des rires gras et nous avons attendu derrière la porte en retenant notre souffle, parce que j'avais enduit les dernières marches de l'escalier de savon de Marseille. Mais je le précise pour ceux qui voudraient faire cette vieille blague, ça ne marche pas puisqu'ils ont atterri indemnes sur le palier et tambouriné à notre porte que nous avions fermée à double tour. Tandis que nous nous tordions de rire sur les lits, ils sont rentrés dans leur chambre, juste à côté de la nôtre et ont tapé contre la cloison. Et j'ai entendu mon frère, encore réveillé à minuit, qui chantonnait cet horripilant refrain:

C'est la bête malibête
Qui a la peau du dos sur la tête

Et la queue en relevette
Une corne toute tordue…
Si tu entres, tu es perdu !

La voix de Grand-mère, stridente comme le S.O.S. d'une Cocotte-Minute, a rempli la maison.

– Vous allez bientôt vous arrêter, les filles ?

Les garçons se sont esclaffés et j'ai reconnu le hennissement de Florian. Quand il y a du chambard, c'est toujours les filles.

– Ils râlent, a pouffé Sophie en se glissant dans son duvet. Laurette les a bien eus, tout à l'heure, avec son numéro de sorcière.

– Hyper-super-bradefer ! a approuvé Alexis.

Assise sur son lit de camp, dans sa chemise de nuit à manches chauve-souris, Laurette avait saisi son pendule qu'elle garde toujours sous son oreiller. C'est une boule à thé qui pend au bout d'une chaînette en argent. Très vite, il s'est balancé furieusement.

– Je vous jure qu'il y a un mystère dans cette maison. Quelqu'un qu'on croit mort reviendra parmi les vivants, a-t-elle dit d'un ton prophétique, (ça fait drôle avec son accent de titi parisien). Ah, ils vont en faire une tête, les garçons !

Après qu'on eu éteint les feux, Sophie a écouté un moment *L'Oiseau de feu* de Stravinsky. Je l'imaginais, la tête collée

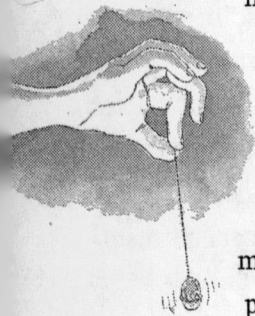

contre son micromagnétophone. Moi, la musique russe, ça me donne envie de courir dans la nature en hurlant des gros mots.

Maintenant, elles dorment, toutes les trois. Pas moi. Et à la lueur de ma lampe de poche, j'en profite pour raconter nos aventures sur mon carnet bleu.
Toi qui ouvrirais ces pages par mégarde, sache qu'il est absolument interdit d'en lire une ligne!!!

Tous les ans, je passe les vacances d'été chez mes grands-parents, en Bourgogne, plus rarement celles de la Toussaint. C'est là que je retrouve mes cousins, Denis, douze ans, et Gilles, le ténébreux, quatorze ans, qui me chahutent. Cette année, j'ai amené du renfort. D'abord Alexis, qui est ma meilleure amie. Elle s'habille comme un garçon, est mordue d'informatique et joue à des jeux d'aventures sur son ordinateur. (Moi, maintenant, j'aime les robes et passe mon temps à lire.) Ses parents sont divorcés et elle vit avec son père, qui est médecin, sa belle-mère, une blonde platinée qui la harcèle pour qu'elle soit «plus féminine» et son frère de dix-sept ans qu'elle adore.

Une seule amie me suffisait mais à la rentrée, Alexis s'est

emballée pour Sophie, nouvelle dans notre collège. Sa mère, qui est prof, vient de se remarier avec un bonhomme très vieux mais très sympathique, le Bourlingueur, qui a un rejeton de neuf ans, le Ouistiti. Alexis, avec son expérience, lui prodigue ses conseils. Cette fille « géniale » joue bien du piano, raconte les mythes grecs comme si elle y avait assisté, et trouve toujours des idées de blagues. Mais elle reste modeste. Et noble. Quand je lui ai dit que ses parents devraient participer financièrement à ses vacances, elle a rougi comme si c'était honteux. En classe, c'est la bagarre entre nous deux pour être la première en rédaction.

Pourtant, j'ai invité Laurette pour lui faire plaisir. Une fille très bizarre, petite, maigre, avec des yeux verts, de longs cheveux noirs, qui marche à grands pas, enroulée dans sa longue cape noire et tricote elle-même ses bérets et ses pull-overs de toutes les couleurs.

Nous habitons toutes les quatre le quartier Latin, en plein milieu de Paris. Ma mère tient la pâtisserie *Au régal de Vulcain* rue Saint-André-des-Arts, où on fait la queue pour acheter ses régals au chocolat, la mère de Laurette est concierge rue Saint-Jacques, Alexis habite rue de Seine et Sophie vient d'emménager passage Saint-André-des-Arts. Et nous allons, bien sûr, au collège Gaston-Leroux qui aurait été fondé, chuchote-t-on dans les souterrains, en 1930, par le Fantôme de l'Opéra en personne !

Voilà une fameuse équipe pour affronter les odieux cousins. Cet après-midi, le Bourlingueur nous a emmenés en

Bourgogne dans sa fourgonnette bleu canard. Tout le long du chemin, mes amies et moi nous n'avons pas arrêté de chanter, la voix grave et archifausse d'Alexis dominant le chœur. Quant à Florian, il gigotait pour prendre le volant dans l'espoir de nous renverser dans le fossé.

La maison est facile à repérer, la dernière du village qui a cent quatre-vingt-trois habitants sans compter ceux du Château d'En-Haut. Elle est couverte de lierre et entourée d'une vaste cour avec un hangar, un vieux puits de briques jaunes et des marronniers. Grand-mère nous guettait derrière la fenêtre et elle a couru nous accueillir avec Oncle Richard, qui est célibataire et mes deux cousins. Il nous a fallu prendre les patins pour entrer et marcher sur le parquet qu'elle brique avec tant de conviction. Un bon feu flambait dans la cheminée de la salle à manger qui reste malgré tout très sombre. Le globe du plafonnier diffuse une lumière jaunâtre qui donnerait le virus de l'hépatite à tous ceux qui la reçoivent. A contre-jour sous le crucifix de bronze, Grand-père nous attendait en mâchonnant un bout de tartine. J'ai croisé ses yeux délavés, striés de rouge, qui avaient perdu leur lueur. Il a beaucoup vieilli depuis l'année dernière.

– Va l'embrasser, m'a dit Grand-mère en me poussant vers son fauteuil roulant.

– Grand-père, ai-je dit en tirant Alexis par la main, voici mon amie Alexis, Sophie qui est dans ma classe, Laurette qui...

– Il ne te comprend pas, m'a coupé Grand-mère en me tirant vers ma chaise. Et tu le fatigues, le malheureux.

Je ruminai en m'asseyant à la grande table familiale. Oncle Richard m'a fait un clin d'œil complice. J'ai contemplé le repas : Ah, un dîner suisse ! C'est le goûter du soir, une tradition le jour de l'arrivée des invités. Il y avait du chocolat, de la chicorée, des tartines de ce gros pain noir de campagne que j'adore, du beurre salé, de la mélasse et la fameuse confiture aux quetsches, ma préférée, qui a un léger goût de rhum.

L'énorme masse de Grand-mère débordant de la bergère prune dominait l'assemblée. Elle pèse bien cent kilos. Son petit œil noir en bouton de bottine nous surveillait tous.

– Denis, arrête de glousser ! Et toi, Gilles, ne rêvasse pas. Dis, Florian, on ne se gargarise pas avec son chocolat ! Ah, ces garçons, quels voyous ! Et vous, les filles, comment vous vous appelez ?

– Alexis, a répondu Alexis à qui s'adressait Grand-mère.

– Et il fait quoi ton père, dans la vie ?

– Il est médecin.

– Quel beau métier ! Et qui doit bien rapporter. Un homme

doit être là quand on a besoin de lui et ne pas courir partout.

Elle a poussé un soupir caverneux, venu du tréfonds de sa poitrine qui commence sous son goitre et a repris, en jetant un regard attristé sur son mari :

– Au moins, maintenant, il reste à la maison…

– Quel dragon ! a chuchoté Sophie à Alexis qui a opiné.

J'ai examiné les yeux sans vie de Grand-père. Il portait une chemise blanche bien repassée, aux poignets serrés par des boutons de manchettes en nacre. Toujours coquet et soigné. Avant son attaque, il travaillait comme homme à tout faire au Château d'En-Haut, il me montrait comment entretenir un potager, étriller les chevaux et réparer un plomb qui saute. Rentré chez lui, il perdait toute sa belle humeur. Un soir d'automne, il y a cinq ans, il posait des lampions dans le cognassier du jardin, perché sur un escabeau, quand il a eu un malaise. Depuis, il ne marche plus, parle avec difficulté, mange des bouillies, et une infirmière vient tous les jours s'occuper de lui.

L'Oncle Richard m'a demandé à mi-voix si j'avais apporté mon roman pour le lui faire lire. « Non, je ne l'ai pas continué », ai-je répondu. Son sourcil gauche s'est haussé en signe de déception. Il m'a promis de me montrer ses nouveaux tableaux. « Un marginal » dit de lui ma mère. Dans la famille, c'est un de mes préférés.

– Y a que ça comme confiture ? a demandé Florian en pinçant sa petite bouche. Je veux celle aux griottes !

– Je vais te la chercher, voyou, brigand des montagnes, a dit Grand-mère en se levant. Ah, celui-ci, il a du caractère.

– Il y a des sangliers dans le bois ? a demandé Laurette aux garçons qui ne nous accordaient pas un regard.

– T'as qu'à les chercher avec les autres gallinacés, a répondu Denis. Nous, on s'occupe de trucs plus sérieux.

Il a la figure rose et luisante comme s'il venait de l'astiquer et avec son casque de cheveux noirs, il ressemble à une grosse fourmi.

– Quels trucs plus sérieux ? s'est écriée Alexis piquée au vif. De foot ? De bagarre ? Je vous préviens que je suis ceinture noire de judo !

– Gallinacé, a dit Sophie d'un ton rêveur. Et nous, comment pourrait-on les appeler ? Les suidés, ça leur conviendrait bien, les trois petits suidés. Je suis sûre qu'ils ne savent même pas ce que c'est...

– Ce sont des mammifères ongulés non ruminants à corps lourd et pattes courtes, comme le porc, le phacochère ou le babiroussa, a dit Gilles. Je suis abonné à des revues scientifiques, figurez-vous.

Il a de sacrément beaux yeux verts, et il le sait, le cousin. Hélas, les filles ne sont pour lui que des volatiles caquetants.

– Alors, les trois petits cochons, a lancé Laurette, qu'est-ce qui vous intéresse, le Nintendo, les Mangas ou le Club Dorothée ?

– Si on vous le disait, a proféré Gilles en levant ses yeux assassins, vous n'en dormiriez pas de la nuit.

J'ai gardé pour moi une réplique cinglante parce que Grand-mère arrivait avec un pot de confiture spécial pour son brigand des montagnes.

– D'abord, les règles, a-t-elle annoncé en se rasseyant. Dans la maison on ne se promène qu'en patins ou en chaussons. On garde les souliers dans l'entrée. Chaque jour, on fera un roulement entre les filles, par ordre alphabétique, pour essuyer la vaisselle.

– Et les garçons ? a interrogé Alexis.

– Eux, ils vont chercher du bois. Maintenant, les heures des repas : Petit déjeuner sept heures (mes amies ont poussé un cri), mais les filles doivent avoir pris leur douche avant.

– Ouch ! Et les garçons ? a insisté Alexis.

– Ils la prennent après, quand la salle de bains est libérée.

– Comme ça, ils peuvent dormir plus que nous, les flemmards ! a lancé Laurette avec sa voix de titi.

– Les hommes sont de grands flemmards, tu l'apprendras plus tard à tes dépens. Ne me faites pas perdre le fil : Déjeuner à midi trente, dîner à dix-neuf heures. Mon brigand des montagnes sera au lit à vingt heures trente. Denis et Gilles, vous qui dormez dans la même chambre, attention, ne le réveillez pas. Le sommeil d'un enfant, c'est sacré.

Les têtes de mes amies faisaient plaisir à voir, elles s'imaginaient trimant toute la journée et faisant le lit des garçons, mais je la connais, Grand-mère, elle les mettait à l'épreuve pour tester leur caractère. Elle a toujours prétendu que moi, je n'en avais pas.

– On n'a que douze ans! a protesté Alexis. On est en vacances, on a besoin de sommeil!

– Sinon, c'est le mitard! s'est écriée Laurette. Le bagne!

– On vaut bien les trois petits cochons! a ajouté Sophie.

Grand-mère les a regardées un moment, la tête penchée de côté. Puis elle a éclaté d'un rire énorme.

– Ah, vous êtes des coquines! J'aurais quand même besoin d'un coup de main pour les courses.

– Bien sûr! ai-je dit précipitamment. Et je peux aussi faire des gâteaux.

– Ta mère dit que tu les rates…

– Ils sont bons quand même.

– Eh bien, on verra ça.

Sur ce, Oncle Richard a eu l'air de se réveiller.

– J'en ai assez de discuter, moi. J'ai besoin de m'aérer.

– Ne va pas trop loin, mon fils! a imploré Grand-mère en tortillant la chaîne de son crucifix.

– Mais non! Je vais taper le carton chez les voisins.

L'Oncle Richard a confectionné un lapin avec sa serviette et s'est éclipsé après m'avoir lancé un clin d'œil. Denis en a profité pour se planter devant nous en brandissant deux jeux de cartes et il s'est mis à faire des tours que je connaissais déjà. Il a disposé des petits tas de cartes sur la table en nous bombardant de questions, mes amies et moi : « Tu aimes le sport ? Les animaux ? Tu collectionnes quoi ?... » tout ça pour détourner notre attention et, chaque fois, il retrouvait la carte que l'une de nous avait choisie derrière l'oreille de Grand-père, entre deux tartines (là, je me demande comment il y arrive) ou bien, c'était la trente-troisième dans le jeu... Il ne se débrouillerait pas mal s'il n'était pas agité de tics. Fair play, nous avons applaudi et quand il a fini, Laurette a sorti son pendule.

– Qu'est-ce que c'est ? a demandé Denis.

– Un pendule. Ça sert à capter les vibrations d'un lieu ou d'une pensée.

– Tu parles d'un truc scientifique ! s'est exclamé Gilles. C'est une masse ponctuelle suspendue à un fil et soumise à l'action de la pesanteur. Avec ça, il y a des charlatans qui te promettent de retrouver ton frère ou ta sœur disparus et qui empochent plein de pognon.

– On va vérifier si ça marche, a dit Laurette sans se troubler. Je vais tester les vibrations de la maison. Regardez, je tiens la masse ponctuelle entre deux doigts, très souple. Il faut qu'elle oscille toute seule, sans la forcer...

– C'est toi qui lui donnes son mouvement.

– Non, ma main ne bouge pas. En ce moment, je pose une question sur la maison : a-t-elle oui ou non un secret ? Si c'est oui, il se met à tourner, si c'est non, il s'agite dans n'importe quel sens.

– Ouais, a grommelé Florian. Elle a agité ce machin dans la

voiture. Elle disait tout le temps : « Comme ça, on saura si on va aller dans le fossé. » (C'était vrai. Moi aussi, ça m'a énervée.)

– Y a pas de fossé, sur la route, a dit platement Denis.

– C'est pas des plaisanteries à faire, a grommelé Grand-mère, mais ses yeux brillaient de curiosité.

Entre-temps, le pendule s'était emballé. Laurette a poussé un cri sauvage :

– Un mort ! Un macchabée ! Non, tout le monde croit qu'il est mort mais c'est de la blague ! Il va revenir !

Je ne crois pas aux morts qui reviennent hanter les vivants, ni aux pendules qui prédisent l'avenir mais Laurette, toute pâle, les cheveux en bataille, comme en transe, me faisait presque peur. Une tartine à la main, Sophie semblait tétanisée et Alexis émettait un petit rire intérieur, comme si elle se grattait la gorge. Mais le plus étrange, c'est que Grand-père avait les yeux hors de la tête et qu'il a murmuré quelque chose. *Ce que disait Laurette réveillait quelque chose en lui !*

Quant aux deux cousins, hilares, ils pleuraient dans leur bol de chicorée. Le brigand des montagnes essayait de les imiter mais sa petite bouche tremblait.

– Tu as vu trop de films d'horreur ! s'est écrié Gilles. Enfin, continue, c'est une bonne séance comique.

– Cette maison a au moins cent ans, a dit Grand-mère. Grand-père l'a achetée il y a quelques années à l'ancien châtelain pour une bouchée de pain.

– Toutes les vieilles maisons sont mystérieuses, a repris

Laurette. Et je m'y connais. Celle-ci a un secret lié à un des membres de la famille…

– C'est comme ça qu'ils font, les charlatans, a dit Gilles. Ils parlent beaucoup, disent n'importe quoi et parfois, ça tombe juste.

– Mais si la maison appartenait d'abord au châtelain, a fait remarquer Alexis, le secret concerne sa famille et pas celle de Manon…

– Ce raisonnement est trop logique pour moi, a répliqué Laurette avec dédain. Et je suis sorcière, pas charlatan. Puisque vous ne me croyez pas, les garçons, je vais vous faire des révélations…

– Oh oh, ça promet… a raillé Denis en se balançant sur sa chaise.

Il a eu un haut-le-corps quand Laurette lui a empoigné la main et a piqué le milieu de sa paume de son ongle pointu.

– Tu lis les lignes de la main, maintenant?

– Tais-toi et écoute. Ta ligne de vie est en zigzag, tu n'as pas remarqué? Dans ta tête, c'est pareil. Pas la moindre pensée droite, tout en zigzag. Mm… Quand tu étais petit, tu étais blond.

– Quel rapport? Dis, toi aussi, tu as les idées en zigzag!

– Tu es marqué depuis l'enfance! s'est exclamée Laurette en regardant la paume du cousin d'un air pénétré. A quatre ans, tu as été très malade, tu as failli mourir. Et ta mère est allée dans une église… Tu veux que je continue?

– Non!

– Elle a promis que si tu guérissais, elle renoncerait à quelque chose de très important pour elle...

– Denis, tu n'as pas tenu ta langue ! s'est écrié Gilles. Tu en as parlé à Manon ! Tu avais promis que ça resterait dans la famille !

– Je n'ai rien dit, je te jure ! a crié Denis en roulant ses gros yeux de fourmi. Mais comment tu as deviné ?

Sans répondre, Laurette avait empoigné la main droite de Gilles qui a essayé de se dégager d'une secousse.

– Quant à toi, le Ténébreux, ta ligne de vie est trop droite, c'est pas mieux. C'est pas comme ça qu'on devient un savant, il faut plus d'imagination...

– Et qu'est-ce qui te dit que je veux en devenir un ?

– C'est écrit sur ta main, là (Laurette a montré un point, entre le pouce et l'index du beau cousin). Pas sûr que tu y arrives, mon vieux. Ah, le dernier livre que tu as lu est *L'Évolution des espèces* de Darwin. Vrai ou faux ?

– Vrai mais tu... !

– Il y a une explication logique ! a protesté Denis furieux à son tour. Tu as apporté le bouquin et elle l'a vu.

– Non, je l'ai laissé à Aulnay, a dit Gilles d'une voix étouffée.

– Autre chose, tu as quelque chose dans ta poche, qui te porte bonheur et que tu ne montres à personne.

– Oui, devine quoi ?

– Un bâton autour duquel sont enroulés deux serpents.

Gilles a sorti le petit bout de bois noueux. Il était abasourdi.

– Un bâton d'Hermès! s'est exclamée Sophie.

– Je suis fatiguée, a dit Laurette qui était devenue toute pâle. Est-ce que je peux aller me coucher?

Grand-mère essayait de désentortiller la chaîne de son crucifix.

– Bien sûr, petite. Moi non plus je ne vais pas tarder.

Tout d'un coup, moi aussi je me suis sentie très fatiguée, mon nez s'est mis à couler. Cette satanée rhinite revenait. J'ai embrassé Grand-père, jeté un regard méprisant aux garçons et nous sommes sorties toutes les quatre de la salle à manger dans un silence hostile.

Le dortoir, au deuxième, est une grande pièce octogonale qui, à l'origine, servait de salon. Petite, j'adorais son papier, des colibris vert et bleu profond qui s'envolent dans un ciel vieux rose. Nous y avons installé des lits de camp et des sacs de couchage à même le sol. En entrant, Laurette s'est jetée sur sa couette remplie de duvet d'oie, fatal pour mes allergies. Elle riait, la tête sous l'oreiller. Un rire nerveux, incontrôlable, qui nous a toutes gagnées.

– Alors, sorcière, comment as-tu deviné les affreux cousins? a demandé Sophie.

– Facile, a répondu Laurette. Une voyante doit être comme Sherlock Holmes. Tout voir, tout écouter et en tirer des conclusions. Figurez-vous que je viens de lire *L'Évolution des espèces* de Darwin... et Gilles en a cité une des phrases presque par cœur. Donc, il n'y a pas longtemps qu'il l'a lu. Bien sûr, je courais un risque. Une voyante doit savoir forcer le destin. Par exemple, le bâton aux serpents. Il est à moi. Je l'avais oublié au petit coin. Il y est allé après moi. Il a cru que c'était un bout de bois qui traînait et s'est dit que ça serait un bon fétiche. Malgré ses airs, il est superstitieux...

– Mais pour la maladie de Denis et le serment de sa mère...

– Ah, ça, c'est pas du flan. Je sens certaines choses.

– Normal, tu ne vas pas nous dire tous tes trucs, a dit Alexis en riant.

– Qu'est-ce qu'a promis sa mère ? ai-je demandé mais sous le regard noir de Laurette, j'ai très vite ajouté : Alors, comment trouvez-vous mes cousins ?

Sophie peignait ses longs cheveux blonds avec une brosse en argent. Cent coups chaque soir. Un truc de grand-mère, paraît-il.

– Infects, odieux, a-t-elle répondu. Ces airs méprisants ! Ces allures mystérieuses ! A les entendre, on jurerait qu'ils sont sur la piste d'un grand secret !

– Ça m'étonnerait, a dit Laurette.

– Il faut leur rabattre le caquet, a dit Alexis. Sinon, ils vont nous empoisonner la vie.

– Et si on les suivait pour savoir ce qu'ils mijotent ? ai-je proposé.

– Ce serait rigolo, a dit Sophie, mais avant tout, on doit faire comme si nous, on était sur la piste de quelque chose d'énorme, d'étrange et d'effrayant.

– A donf! a renchéri Laurette. Nous aussi, on va prendre des airs énigmatiques, chuchoter d'un air entendu, rôder... Et on tombera peut-être sur un vrai mystère!

– Tout ce que vous voulez pourvu qu'on s'amuse, a dit Alexis en bâillant. Eh, Manon, finalement, ta grand-mère n'est pas si méchante.

– Non, il faut savoir la prendre, a dit Sophie. Toi, elle te respecte déjà. Et elle a un peu peur de Laurette.

– Elle est superstitieuse, ai-je expliqué. Quand elle était jeune, elle faisait tourner les tables... (Les yeux de Laurette ont étincelé.) Non, on ne fera pas tourner les tables avec Grand-mère!

Difficile de dormir avec de telles nouvelles et ces stores clos. La chouette familière ulule par petits coups saccadés. Sophie dort sur le ventre, la tête sous un coussin. Laurette vient de crier. Elle a dû faire un cauchemar. Près de mon lit, Alexis respire régulièrement, couchée sur le ventre. C'est vraiment celle que je préfère.

TOUT À FAIT PAR HASARD, NOUS NOUS SOMMES LEVÉES EN MÊME TEMPS QUE LES GARÇONS. Il fallait nous voir, tous les sept, faire la queue pour dire bonjour à Grand-père dans son fauteuil roulant, comme on honore un cercueil. Florian avait jugé très drôle de se mettre un carton sur la tête.

– J'veux pas l'embrasser! a-t-il dit aux cousins.

Denis a ri. Je les aurais étranglés. Ils semblaient pleins de projets car, au bout de deux ou trois tartines, ils ont abandonné leurs bols et ont filé dans la cour. On a sauté de nos chaises et on les a suivis, à temps pour les voir enfourcher leurs vélos, accompagnés par ce boulet de Florian.

– Taïault! a crié Alexis.

On a grimpé sur les vélos qui nous attendaient dans le hangar et foncé, tandis que Grand-mère nous poursuivait en vociférant.

– Ils ont des V.T.T., ces veinards et pas nous! a lancé Alexis. Où vont-ils?

Les garçons ont pris le chemin qui conduit au village. Le jour était jaunâtre comme le plafonnier de la salle à manger et le vent haletait dans mon cou. Alexis, qui est une championne, les a vus tourner à gauche, sur la place, en direction du Château d'En-Haut, qui n'est d'ailleurs pas si haut. Là, pas d'inquiétude, on les rattraperait. On a grimpé la route principale, en longeant la forêt du domaine, derrière les clôtures et, au dernier tournant, on est arrivées devant la grille de l'entrée. Pas moyen d'aller plus loin. On a freiné net.

– On ne les a pas vus rebrousser chemin, ai-je dit. Donc, ils sont à l'intérieur.

– Qu'est-ce qu'on attend pour en faire autant? a lancé Alexis.

– C'est une propriété privée! Il y a un garde. Et l'héritier n'est pas commode. On peut nous tirer dessus.

– On ne sait pas que c'est privé! a décidé Alexis en remontant en selle. Allez, on entre au culot.

J'ai remonté le col de ma dou-
doune, ré-enfourché mon
vélo et, pas très rassurée,
j'ai pédalé jusqu'au bout
de l'allée qui mène au
parc. Au fond, derrière
les mélèzes, on aper-
cevait le château, jaune
et surmonté de tou-
relles, comme un séjour
inaccessible. «Bah, on
trouvera bien une
excuse», me disais-je.
Moi en tête, on a par-
couru le domaine de long en
large pour dénicher les affreux cousins.
Une petite course autour du massif de roses, une escalade du
pont de bois qui mène au jardin japonais, un coup d'œil aux
serres de vers à soie. Aucune trace des cousins, mais la balade
était excitante.

J'ai jeté un coup d'œil attendri à l'ancienne maison de Grand-
père qui était un peu la mienne. La nouvelle lui ressemble beaucoup. Même arrière-cour, même potager bien que Grand-mère
cultive maintenant de la rhubarbe pour ses confitures. Mais ici,
pas de puits. Le nouveau garde avait fermé la porte, comme
Grand-père qui avait toujours été très méfiant. Il devait être au

bistrot. Et le chien, le chien familier qui aboyait après les intrus, aussi.

– Ton grand-père habitait là? a demandé Sophie.

– Oui, c'était l'homme à tout faire du vieux châtelain, ai-je répondu. Grand-mère était la cuisinière.

– J'ai toujours rêvé de vivre dans un château, a soupiré Laurette. Les aristos, c'est rigolo.

Tout en pédalant, je racontais que le vieux comte, baptisé Gauthier se faisait appeler Marcel. Il disparaissait des journées entières et son entourage se demandait où il était passé. «Un fugueur, un noceur», disait Grand-mère. C'est lui qui m'a donné mes premières billes que je garde toujours.

– Je vais vous montrer le chêne où j'avais construit une cabane, avec les cousins, ai-je proposé. A l'époque, j'étais un garçon manqué. Ensemble, on observait les oiseaux, on courait après les blaireaux.

Je n'ai pas précisé qu'il y a deux ans, en descendant d'un arbre, j'avais eu la mauvaise idée de regarder en bas et j'avais failli lâcher ma branche de secours. Pour la première fois de ma vie, j'avais eu le vertige alors que j'avais déjà grimpé souvent bien plus haut. J'étais restée coincée un moment, sans pouvoir monter ni redescendre tandis que mes cousins se moquaient de moi. J'ai fini par dégringoler en me râpant les mains et quand j'ai touché le sol, j'ai détalé d'un trait vers la maison. Depuis, les cousins me manifestent le plus profond mépris.

Des coups de feu ont retenti dans la forêt. C'était l'ouverture de la chasse, je le savais bien, pourtant! Nous avons fait demi-tour en vitesse.

– Alors, on ne verra pas les sangliers, a soupiré Laurette.

– L'héritier chasse, ai-je dit. Voilà pourquoi il n'y a pas le garde.

– Bravo, quel courage, participer à une chasse à courre! s'est exclamée Sophie.

Alors j'ai décidé quelque chose de fou. Il n'y avait personne, nous allions entrer dans le château... si le portail d'entrée était toujours ouvert, comme autrefois! Nous avons posé nos vélos contre le mur – un sacrilège – et poussé le portail.

Nous nous sommes avancées, tout doucement, en file indienne, le long du hall tapissé de tentures rouges. A droite et à gauche il y avait des salles en enfilade. J'ai hésité avant de tourner à gauche dans ma pièce préférée. Et si j'étais déçue? Sophie est entrée la première. C'était la salle de

bal, toute tendue de velours bleu, au parquet si luisant qu'on se voyait dedans et aux miroirs qui nous reflétaient en ribambelles. Mais elle n'attendait pas les danseurs, comme dans mon souvenir car on avait poussé contre les murs des tables à tréteaux chargées de victuailles. Sans doute un buffet pour les valeureux chasseurs. Il y avait du foie gras, des turbans de saumon, des jattes de ce qui ressemblait à du caviar, des petits pains-surprises, des galantines aux trois légumes, tartes, tourtes et quiches, des plateaux de fromages mais surtout, une avalanche de desserts, îles flottantes que je n'arrive pas à réussir, charlottes aux fruits rouges, fondants au chocolat, miroirs aux poires, croustillants aux noisettes, sans compter les profiteroles, choux à la crème et tartelettes.

Sophie s'est mise à danser sous le lustre en cristal.

– Giga! a murmuré Laurette en flairant les gâteaux.

Alexis a regardé derrière la porte pour surveiller si quelqu'un venait. Nous ne disions pas un mot. Alors, j'ai allumé les lumières du plafond, pas celles du lustre, les petites lampes des coins, roses, bleues, jaunes et orangées. Sophie a poussé un petit cri, Laurette a fourré deux profiteroles au chocolat dans sa bouche et Alexis m'a tirée par le bras quand brusquement nous avons entendu arriver quelqu'un. Ses souliers, non ses bottes, devaient être ferrés pour claquer ainsi sur le parquet. Au lieu de déguerpir, nous l'avons laissé venir se carrer sur le seuil, les bras croisés. C'était Hector, le nouveau châtelain, un grand et gros homme, assez rougeaud et poilu, en habit de chasse. Il nous a balayées du regard et apparemment, ne m'a pas reconnue. Sans qu'on sache d'où elles sortaient, deux petites filles de quatre et six ans ont fait leur apparition à ses côtés. Elles avaient les cheveux ondulés, d'un blond presque blanc, la peau nacrée et portaient un costume d'équitation bleu marine et une bombe. Je me rappellerai toujours le regard hautain qu'elles nous ont lancé, surtout la petite qui avait les yeux gris. Alors, nous avons couru dans le grand hall vite, si vite, pour passer le portail et enfourcher nos vélos. Je me sentais humiliée, exclue, brune, rouge et dodue comme s'il n'y avait rien d'autre au monde à désirer que d'être l'une de ces petites filles blondes. Nous avons battu tous les records de vitesse le long du chemin qui menait à la route. Au bout de deux bons kilomètres, nous avons posé les vélos contre une clôture.

– Elles sont mignonnes! a dit Alexis, sans savoir qu'elle me blessait.

– Mais lui, il ressemble à un sanglier! a dit Laurette.

– Tu en auras au moins vu un, a dit Sophie.

– En tout cas, les cousins se sont volatilisés, a repris Alexis. Tant pis. Ah, que c'était excitant d'entrer dans ce château. On y retournera!

Retourner au château? Avec la peur que j'avais eue? Plutôt mourir!

– Je dois faire des courses au village, ai-je dit pour changer de conversation. Je prépare un gâteau, ce soir.

– Un gâteau au potiron, j'espère! s'est écriée Laurette. Aujourd'hui, c'est Halloween, le jour de la Grande Citrouille, des sorcières et des esprits!

– Et cet après-midi, on visite la maison avec des airs mystérieux? a proposé Sophie.

Au déjeuner, Oncle Richard pestait tout en mangeant la potée aux choux de Grand-mère. Mais il a une figure si rigolote qu'on croit qu'il rit en douce.

– Avec la saison de la chasse, je ne peux plus planter mon chevalet dans les bois! a-t-il explosé.

Les garçons ont pouffé d'un air entendu.

– Qu'est-ce qu'ils ont à couiner, ces trois petits cochons? a éclaté Sophie. Je parie qu'ils braconnent...

– On pose des pièges à gallinacés, a riposté Gilles.

– J'espère que non, mes petits brigands, a dit Grand-mère. Vous risqueriez un coup de fusil.

Grand-père mastiquait lentement sa potée. Sans sel, elle devait être insipide. Ça me démangeait de lui dire que nous avions fait un tour au Château d'En-Haut. Et puis non, quand on lui raconte des souvenirs, les larmes coulent sur sa figure. Seul son nez en trompette rappelle qu'il a été un joyeux luron, ainsi que sa fossette au menton. Oncle Richard a les mêmes. Moi aussi.

Qu'est-ce qu'ils avaient découvert, les maudits cousins? A peine le dessert fini, une compote pas très inspirée, ils ont planté là Florian qui est allé faire la sieste et ils ont filé à toute bringue vers le village. On n'allait quand même pas passer notre temps à les suivre! J'en ai profité pour présenter les lieux à mes amies.

On s'est promenées dans le Bosquet aux Trois Chênes, après la route, en se tenant à distance respectable de la forêt, la vraie, à deux ou trois kilomètres, parce que les chasseurs confondent les promeneurs et les perdreaux.

J'ai montré la remise qui sert d'abri aux clapiers. Evidemment, Sophie a voulu savoir si les lapins avaient un nom et si j'avais un préféré.

– Non. Chez nous, les animaux restent à leur place et ils finissent en ragoût, ai-je répliqué sèchement, ce qui l'a beaucoup choquée.

(Elle, elle dort avec son chat.)

– Rien de bizarre dans la remise, a dit Laurette en regardant son pendule aller et venir mollement.

Alexis s'est penchée au-dessus du vieux puits et a fait tomber une pierre.

– Six, sept, huit... Eh eh, il est profond. Quand personne ne nous verra, on fera un petit tour au fond.

– C'est peut-être dangereux, non? a dit Sophie.

«Eh, j'ai le vertige, moi! ai-je aussitôt pensé. Pourvu qu'il y ait toujours quelqu'un près de ce vieux puits!»

Mais quand Alexis se prend pour une aventurière, elle est capable de tout. Le pendule s'est agité plus nettement dans la cave. Rien d'inspirant dans cet endroit, pourtant. Il n'y a que des tonneaux de Beaujolais, des confitures et le linge de la buanderie.

– Voyons s'il y a une porte dérobée! a dit Laurette qui s'affairait du côté des tonneaux.

Elle a appuyé de toutes ses forces sur les parois, au cas où l'une d'entre elles céderait.

– Tu t'y prends mal! a dit Alexis. Il faut d'abord vérifier si les murs sont creux en tapant dessus.

Elle s'est mise à taper consciencieusement sur les parois et nous l'avons imitée avec enthousiasme. Grand-mère est descendue vérifier ce que nous complotions; il paraît que nos coups se répercutaient dans les tuyaux de la cuisine.

– Qu'est-ce qu'il y a comme lieux intéressants? m'a demandé Laurette.

– Le grenier...

– C'est tout?

– Non, ai-je dit à contrecœur. Il y a le Cabinet Noir.

– Comme celui de Barbe-Bleue? s'est écriée Sophie.

– Presque. C'est une pièce minuscule dont la fenêtre a été murée pendant la guerre. Personne n'y va jamais. Quand nous étions petits, Grand-mère menaçait de nous y enfermer. Un jour, elle m'y a vraiment enfermée pour une bêtise que je n'avais pas faite. Ça a duré une heure, c'était affreux.

– Et tu y es retournée depuis? a demandé Alexis.

– Jamais. C'est un trop mauvais souvenir.

· Allez, m'a-t-elle dit. Viens, on va l'explorer, comme ça tu n'y penseras plus.

Elles ont tellement insisté, toutes les trois, que j'ai fini par accepter mais je n'en menais pas large.

Quand nous sommes passées au rez-de-chaussée, c'était l'heure des soins de Grand-père. J'ai entendu la voix de l'infirmière qui l'appelait Papi et lui demandait des nouvelles de ses petits mollets. J'ai posé un doigt sur les lèvres et nous avons grimpé l'escalier sur la pointe des pieds.

Le Cabinet Noir se trouve au fond du couloir du premier, après la chambre de l'Oncle Richard, juste en face des cabinets turcs. A l'intérieur, la porte n'a pas de poignée. Ce qui m'a le plus frappée, en entrant, ce n'est pas la fenêtre murée ni les bibliothèques vitrées. Non, c'est l'énigme qu'on lisait sur un écriteau, accroché à la porte :

Je donne froid, je donne chaud
Je cloue sur place et fais courir
Je peins en blanc, je peins en vert
Mais ma couleur reste le bleu.

– Facile, c'est la peur, a dit Alexis. J'adore les énigmes. Il y en a plein dans les jeux vidéo.

Et les pièges sur la table, comment les avais-je oubliés ? Il y avait des pièges à mâchoires, à pattes, des tapettes pour souris, des muselières à crochets mais, le plus inquiétant, c'étaient les animaux empaillés, un renard, un furet, et un gros rat gris qui nous fixaient d'un œil torve.

– Ton grand-père devait braconner pour son propre compte, a dit Alexis.

Sophie se tenait à distance des pièges, horrifiée.

– Plutôt bizarres, tes grands-parents. L'un torture les animaux et l'autre les enfants !

– Est-ce que je critique les tiens ? ai-je riposté.

Je repensais à la pendaison de crémaillère qui avait eu lieu chez elle. Son horrible grand-père n'avait pas arrêté d'attaquer le nouveau mari de sa mère.

– Arrêtez de vous friser le pif, a dit Laurette. Vous avez vu ces livres ? *Mystères de la Bourgogne, Histoire des châteaux de France, Trésors de naguère et de maintenant, Les Pierres précieuses.*

– Tu savais que ton grand-père lisait autant ? a demandé Alexis.

– Et pas n'importe quoi ! a repris Sophie qui n'est pas rancunière. Tu es sûre qu'il n'est pas chercheur de trésor ?

– Ou alors il en a déjà trouvé un, a dit Laurette. Qu'il garde ici.

– Tous les trésors sont gardés par un dragon, a repris Sophie en riant franchement. Devinez qui est le dragon. (Non, je me suis trompée, elle est rancunière).

– Les trésors se trouvent dans les sous-sols, les souterrains, a repris Laurette. Vous vous rappelez ? Le pendule se réveillait dans la cave. Ici, il dort.

La porte s'est ouverte et la figure ronde et lisse du cousin Denis est apparue, fendue d'un sourire narquois. Il a tonitrué :

– Elles sont ici ! Elles complotent dans le Cabinet Noir !

– Tu aurais dû les enfermer, on aurait rigolé, a répliqué Gilles.

Il avait parlé à mi-voix mais Sophie et moi, qui avons l'oreille fine, l'avons bien entendu et nous avons déserté l'endroit comme des fusées.

Par la fenêtre du dortoir, nous avons guetté le moment où ils s'éloignaient de la maison. Tiens, cette fois ils traînaient avec eux mon fléau de frère qui avait terminé sa sieste.

– Qu'est-ce qu'ils complotent ? a demandé Sophie.

– On s'en fiche ! a dit Alexis. On monte au grenier ?

On grimpe au grenier par une petite échelle de meunier. Sophie, qui est la plus grande, s'est aussitôt cognée aux poutres. Mes amies se sont dispersées parmi les vieux meubles, inspectant les armoires défoncées, farfouillant dans les boîtes à jouets.

– J'adore les greniers, a murmuré Laurette. Tiens, pas mon pendule. Flûte borgne, il est complètement léthargique.

– Quand j'étais petite, je jouais ici pendant des heures, ai-je dit. Tous ces meubles, ces malles, ces jouets, je les connais par cœur. Tiens... J'ai parlé trop vite. Qu'est-ce que c'est, ce coffre noir clouté ?

– Le coffre du pirate Barberousse ! a tonné Sophie d'une voix de stentor.

Je l'ai ouvert… Il était bourré de lettres.

– Ce sont peut-être les lettres d'amour de tes grands-parents, a suggéré Laurette.

– C'est la meilleure! ai-je éclaté. Grand-mère amoureuse! Oh… mon écriture!

J'ai saisi une feuille de papier. Une lettre! Je l'avais envoyée à mes grands-parents à sept ans, avant l'accident de Grand-père. Un poème qui commençait par «Petit gâteau de Grand-mère, quand te mangerai-je?» parce que j'avais passé les vacances loin d'eux. Je n'ai pas osé le lire à mes amies! J'avais aussi dessiné le château et la forêt. Tout, ils avaient tout conservé, rangé en pile et noué avec un ruban.

Et en dessous, je dis bien en dessous, étaient classées les lettres, ou plutôt les gribouillis de Florian et ses dessins de maisons qui explosent. Quelle surprise de faire partie du dessus du panier!

Sur la pile d'en face, j'ai reconnu l'écriture de maman, et j'ai feuilleté le tas, sans m'attarder.

– Oh, regarde! s'est écriée Sophie en ramassant une feuille de papier jaunie. Quelle belle écriture!

– Des pleins, des déliés, ai-je dit.

– Ça date peut-être du siècle dernier, a dit Alexis. Le papier s'effrite.

– Ça a été écrit à la plume d'oie, a murmuré Laurette.

– J'imagine une carte au trésor avec cette écriture et ce papier, a dit Sophie.

– Si on trouvait vraiment un trésor, ils en feraient une tête, les cousins! a claironné Laurette.

Allons, lire une lettre du siècle dernier, ce n'était pas de l'indiscrétion mais de l'intérêt historique. Eh bien, il s'agissait simplement d'une lettre de mon arrière-grand-mère paternelle à ma mère, pour lui expliquer que mon père était très fragile, qu'il attrapait des rhumes au moindre courant d'air et qu'il fallait veiller sur sa santé. Nous avons bien ri.

Après les émotions de la journée, c'était réjouissant de se retrouver dans la cuisine. J'avais déjà fabriqué des gâteaux au potiron* chez mes parents et, sur les conseils de Laurette, j'ai ajouté une bonne rasade de rhum. Autour de moi, les filles léchaient les casseroles et discutaient ferme au lieu de m'aider.

– J'aime bien ton Grand-père, m'a dit soudain Laurette.

Elle ne m'a pas expliqué pourquoi mais ça m'a fait plaisir. Alexis souhaitait retourner au Château, explorer le puits, vivre de véritables aventures au lieu de faire semblant pour mystifier les garçons. J'avoue que faire semblant me suffisait largement.

---

* La recette du gâteau au potiron est donnée p.133.

AU DÎNER, ILS RAYONNAIENT, LES TROIS PETITS COCHONS, MÊME FLORIAN QUI EST DÉJÀ POSSÉDÉ PAR LE DÉMON EN dépit de son jeune âge. Leurs yeux étincelaient et le rose de la bonne santé campagnarde colorait déjà leurs joues. Ils mangeaient d'excellent appétit leur coq au vin et se parlaient à mi-voix, ce qui ne semblait pas tracasser Grand-mère. Mais j'ai bien remarqué que de temps en temps, Gilles lorgnait Sophie, qui est jolie. Dire qu'elle ne se rend pas compte qu'elle plaît aux garçons et qu'elle porte toujours ses vieux survêtements noirs...

– Ils ont l'air d'avoir trouvé la poule aux œufs d'or, a murmuré Alexis.

– Peut-être le trésor du Château, a continué Laurette.

– Ils n'y étaient pas ce matin, a dit Sophie. On les a cherchés partout.

– C'est très malpoli de faire des messes basses, a dit Grand-mère.

– Excellent, ton coq au vin, Grand-mère, ai-je dit hypocritement, aussitôt soutenue par mes amies.

– Quel régal!

– Hyper-super-bradefer!

– Giga! Giga!

– Grand-mère, on a envie de regarder *Alien 2* sur la 6, après manger! a dit Denis comme si c'était dans la poche.

Florian a tapé sa fourchette et son couteau contre son verre de Coca.

– Moi aussi, je veux voir *Alien! Alien! Alien!*

– Arrête! ai-je lancé, exaspérée. Tu cries comme un petit goret qu'on égorge.

– Je suis un petit goret! Je suis un petit goret! a-t-il répété, enchanté.

– Ah, vous regardez *Alien 2*? a jeté Laurette avec dédain. Le troisième est bien meilleur. C'est Théodore Akimov qui a fait le scénario.

– Qui c'est? a interrogé Denis.

– Un spécialiste du Big Bang. Tu ne savais pas ça, le Ténébreux?

Gilles l'a fixée quelques instants, incrédule.

– Oui, bien sûr, le Big Bang est une théorie hyper-connue.

– Elle est marrante, m'a chuchoté Alexis. Elle lance toujours de fausses pistes.

De fausses pistes?

Soudain, des bribes de phrases entendues dans la journée ont dansé dans ma mémoire. Sophie qui disait : « Ils en feraient une tête, les cousins, si on découvrait un trésor ! » et toujours elle, au grenier : « J'imagine une carte au trésor écrite sur ce papier »; Laurette, tout à l'heure : « Ils ont peut-être trouvé le trésor du château. » Et Alexis : « Elle lance toujours de fausses pistes. »

Trésor, carte, fausses pistes…

Une lumière fulgurante a ébloui mon cerveau ! D'une voix enrouée par l'émotion d'avoir eu une idée si grandiose, j'ai chuchoté à Alexis :

– Et si on leur fabriquait une fausse carte au trésor?

Elle a eu un sourire radieux qui a réveillé toutes ses fossettes. Et elle a fait passer. Au regard que m'ont lancé Sophie et Laurette, j'ai senti que nous vivions un moment rare. Mon idée, comme toutes les grandes idées, leur paraissait évidente !

Grand-mère apportait déjà le gâteau au potiron. J'étais de si bonne humeur que je l'ai trouvé délicieux, dès la première cuillerée.

– Trop mou à l'intérieur, ma fille, a dit Grand-mère pour tout commentaire. Tu aurais dû le laisser cuire dix minutes de plus à four doux.

– C'est génial, Manon ! s'est écriée Alexis.

– A donf! a clerronné Laurette.

– J'en redemande! s'est exclamée Sophie.

Emue, j'ai été prise d'une crise d'éternuements qui a duré cinq bonnes minutes. Peu importe, je me sentais bien.

On est entrées dans le dortoir, pliées par le fou rire. Alexis s'est allongée à plat ventre sur son lit, je me suis assise au bord et Sophie et Laurette se sont accroupies sur le paillasson piquant qui tient lieu de descente de lit.

– On va leur préparer une belle carte! s'est écriée Sophie.

– Qui va les expédier loin d'ici, a dit Laurette. Au Château d'En-Haut, par exemple.

– Pour qu'ils nous laissent tranquilles, a repris Alexis.

– Non, c'est trop loin, a dit Sophie. Ce qui serait rigolo, ce serait de les surveiller, de les voir patauger, se tromper, râler. Ils tendent des pièges aux animaux... je les déteste!

– Tu exagères, ai-je dit. Ils ne s'attaquent pas aux animaux à poils. Ils tirent sur des oiseaux à la fronde, c'est tout.

– C'est tout? (Sophie s'est étranglée.) C'est aussi lâche de faire du mal à un oiseau!

– Et entre faire du mal à ton chat et à un ver de terre inconnu, qu'est-ce qui est le plus lâche?

– Ah, vous me prenez la tête, toutes les deux! s'est écriée Alexis. Les animaux inférieurs, ce sont eux. Il faut se montrer plus futées...

– Ah oui, ils auront l'air idiots! (Je me réjouissais d'avance.)

– Alors, envoyons-les devant le petit bois, après la route, a conclu Alexis.

– Oui, le Bosquet aux Trois Chênes! ai-je dit. On les espionnera d'ici.

– Eux aussi, ils pourront nous espionner, a objecté Laurette.

– Courons le risque, ai-je dit.

Mon nez commençait à couler. J'avais pris froid sur ce vélo. En même temps, mon cerveau bouillait.

– Et comment vont-ils tomber sur la carte? a interrogé Alexis.

– On la laisse traîner par hasard... a dit Sophie.

– Là où ils traînent, a continué Laurette

– Sans que ça ait l'air téléphoné, ai-je ajouté.

– Et si ça ne marche pas, a dit Sophie, on la retire incognito et on la remet ailleurs.

Tant qu'on y était, on a fait la liste des lieux où traînaient les odieux cousins:

1 – Au lit,

2 – Dans la salle de bains,

3 – Près de la télé,

4 – Autour du congélateur rempli de glaces au nougat,

5 – Au grenier où ils jouent à je ne sais trop quoi,

6 – Dans le Cabinet Noir : ils n'y traînent pas mais il serait très vraisemblable que la carte y traîne,

7 – Dans le hangar à vélos.

– Si on ne leur laissait qu'une moitié de carte ? a proposé Laurette. Ils imagineront que quelqu'un a l'autre moitié. Ça paraîtra plus étrange.

– Ils vont nous soupçonner, ai-je dit.

– Ils nous méprisent, a dit Alexis. Ils ne penseront jamais qu'on a préparé un plan aussi compliqué. A propos, Laurette, tu as impressionné le Ténébreux. Comment sais-tu que le scénariste d'*Alien 2* est spécialiste du Big Bang ?

– Ah, ah, devine ! Mon sixième sens ! a ricané Laurette.

– Ecoutez, a dit Sophie. Ne leur donnons qu'un tiers de la carte ! Ils imagineront qu'il y a deux autres personnes sur le coup.

– Tu es vraiment tordue, a dit Alexis en riant.

– On monte au grenier chercher le papier jaune ? ai-je proposé.

C'est Alexis qui a dessiné la carte (après je ne sais plus combien de brouillons) j'ai écrit les textes (inventés par nous quatre) avec mon stylo en verre qui écrit pendant des heures après l'avoir simplement trempé dans l'encre dix secondes.

Travailler les pleins et les déliés comme mon arrière-grand-mère m'a pris du temps. Sophie a tenu à rajouter la rose des vents. Et nous avons réalisé deux exemplaires de notre œuvre : leur donner le tiers, d'accord, mais nous, nous gardions la carte entière ! Voilà ce que ça a donné :

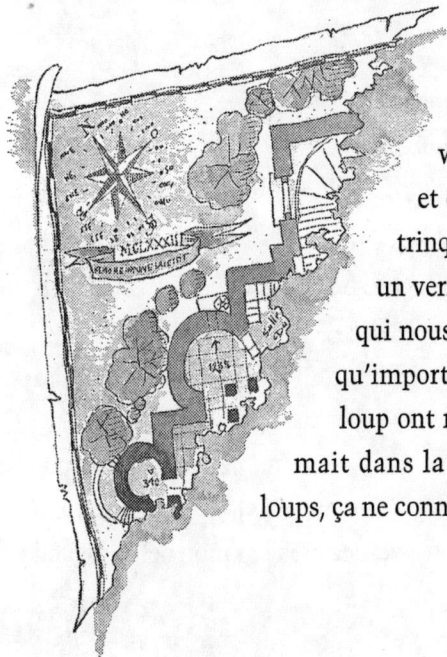

Laurette a répété que nous étions le 31 octobre, nuit d'Halloween, Fête des Sorcières et des Esprits. Nous avons trinqué à notre réussite avec un verre de pétillant de raisins qui nous a très vite saoulées. Et qu'importe si nos hurlements de loup ont réveillé Florian qui dormait dans la chambre voisine. Les loups, ça ne connaît pas la pitié.

– AUJOURD'HUI, C'EST LA TOUS-
SAINT, A DÉCLARÉ GRAND-MÈRE
EN NOUS SERVANT DE LA CHICO-
RÉE AU LAIT. JE VAIS FLEURIR
LA TOMBE DE LA FAMILLE.

Grand-père a levé les yeux sur elle. Il avait mis un beau
nœud papillon gris.

– J'emmène Grand-père. Ça l'aérera un peu (elle parle souvent de lui comme d'un vieux matelas). Soyez sages, les
enfants et vous, les voyous, veillez bien sur mon petit brigand
des montagnes.

Voilà qui tombait à pic pour nos
affaires.

J'ai quand même cru qu'on
n'arriverait jamais à nos fins.

Lieu n°1, sous le matelas de
Denis : n'a pas été retourné.

On n'attend pas que trois petits cochons fassent leur lit à fond tous les jours. De toutes façons, ils n'auraient jamais cru qu'une carte au trésor se baladait sous un matelas.

Lieu n° 2, devant le hublot de la salle de bains : n'a pas été fouillé. Ils ne passent pas un temps énorme à se laver.

Lieu n° 3, entre les pages du journal de télé : Invraisemblable. Nous avons aussitôt retiré la carte.

Lieu n° 4, autour du congélateur : la carte, entre les pages d'un vieux livre de cuisine, a failli être retrouvée par Grand-mère !

Il restait encore les n° 5 (grenier), le 6 (le Cabinet Noir) et le 7 (le hangar). Evidemment, on n'a pas respecté l'ordre des lieux, ce qui a fait enrager Alexis.

J'étais dans un piteux état, voix enrouée, tête qui bourdonne, yeux qui pleurent. Je me suis bourrée de vitamine C. Après le petit déjeuner, les odieux cousins sont descendus faire un tour à vélo pendant que Florian jouait à escalader l'Everest sur un monticule de cartons. Prise d'une inspiration subite, je suis entrée dans le Cabinet Noir et j'ai glissé la carte entre deux pages des *Mystères de la Bourgogne* (elle dépassait bien). Ensuite, j'ai épinglé un écriteau de fortune sur la porte : INTERDIT.

Florian ne sait pas encore lire mais il connaît bien le mot interdit et croit qu'il rime avec gâterie. Bien sûr, il est entré.

Je me suis précipitée, et je l'ai enfermé à clef de l'extérieur. Au début, il ne s'en est pas rendu compte. Il devait chercher des bonbons tout en continuant à chantonner ce refrain qui m'exaspère :

C'est la bête malibête
Qui a la peau du dos sur la tête
Et la queue en relevette
Une corne toute tordue…
Si tu entres, tu es perdu !

– Il ne remarquera jamais la carte, a dit Sophie.

– Lui non, mais les cousins si.

Quand il a voulu sortir, il a constaté qu'il n'y avait pas de poignée et il s'est mis à donner des coups de pied dans la porte en s'époumonant. Et les piaillements de Florian, c'est une attaque en règle des tympans.

– Tu es azimutée ! m'a dit Alexis. Va lui ouvrir !

– On va l'entendre ! a dit Sophie.

– Mais non, a dit Laurette. Sa grand-mère n'entend pas très bien, son grand-père est paralysé et de toute façon, ils sont au cimetière. Les cousins découvriront la carte en venant le délivrer.

Sophie s'élançait déjà pour lui ouvrir mais Laurette lui a barré le passage de son petit corps menu.

– Laisse-le. Ça ne fait du mal à personne de souffrir un peu dans sa jeunesse.

– Qu'est-ce que vous fabriquez avec le gamin ? a demandé

Gilles qui a surgi dans l'escalier en courant. Oh, non, elles l'ont enfermé!

Sans même remarquer la carte, ce qui était le but de l'opération, Gilles et Denis ont délivré Florian qui trépignait.

– Vous êtes folles. Folles et sadiques, a dit Gilles d'un ton de colère contenue. Enfermer un gosse dans une pièce murée!

J'ai failli crier: «Vous aussi, vous m'avez terrorisée quand j'étais petite!» mais je me suis retenue. La différence, c'est que nous avions à peu près le même âge.

Laurette a claqué la porte du dortoir d'un geste théâtral.

– Evidemment, ce n'était pas très malin... a commencé Alexis.

– Ni très drôle, a toussoté Sophie d'un air entendu.

En silence, j'ai pris une pilule contre la rhinite dans ma boîte dorée. Laurette a siffloté un petit air effronté. Alexis a éclaté de rire. L'affaire était classée, il ne restait plus qu'à inventer une autre astuce pour qu'ils découvrent la carte. Dans le grenier ou dans le hangar? Le grenier semblait une meilleure cachette mais impossible d'y aller sans se faire remarquer de l'ennemi.

Eh bien, il a fallu attendre tout le matin parce que les garçons ne voulaient plus sortir. J'en ai profité pour fabriquer le Régal au chocolat* avec trois marmitonnes qui ont failli tout manger.

---

* La recette du Régal au Chocolat est donnée p.134.

– Ils s'en vont! s'est écriée Alexis.

Par la fenêtre, nous les avons vus filer vers le village à vélo.

Le gâteau fini, nous sommes remontées au grenier. Faire dépasser la carte du vieux coffre, c'était facile; mais la remarqueraient-ils, s'ils venaient fouiner dans le coin? Alexis a accroché un spot lumineux à une étagère en plastique, au-dessus du coffre. Bien orienté, il éclairait la carte qui avait l'air de surgir de sa boîte. L'effet semblait très naturel avec la lumière rasante qui passe par les fenestrons.

Seulement qu'est-ce qui les attirerait au grenier?

– On devrait répandre de l'eau par terre, ai-je suggéré. Ce plancher est pourri. Ça coulerait dans leur chambre.

Laurette s'est mise par terre, à quatre pattes, et a glissé l'œil par un trou du plancher.

– On ne voit que le lit de ton frère! a-t-elle constaté avec dépit.

En arpentant le grenier, Sophie a marché sur quelque chose qui a vociféré «Coucou! coucou!» sans s'arrêter. L'affreux vieux coucou bariolé, que Grand-mère avait accroché dans son ancienne cuisine! Comment ne pas l'avoir remarqué plus tôt? Son tic-tac était tonitruant. Son cri, celui d'un oiseau qu'on égorge. Il marchait toujours. J'ai dû lui donner un coup de pied pour arrêter la sonnerie.

– Est-ce qu'on peut le refaire sonner ? a demandé Alexis. S'ils entendent cet horrible coucou, ils accourront...

– Oui, n'importe quoi pour l'arrêter, a approuvé Laurette.

– On ne sait pas à quelle heure ils rentreront, a observé Sophie.

– Qu'importe, ai-je dit d'un ton important. A leur retour, je monterai en vitesse et je le ferai sonner dix minutes plus tard.

Dès que les garçons sont rentrés, juste avant le déjeuner, j'ai couru au grenier. Mais en voulant régler le coucou, je l'ai déclenché. Son chant a ébranlé les vitres.

Vingt secondes plus tard, l'échelle grinçait. Ils arrivaient ! Mon Dieu, il fallait trouver une cachette ! J'ai écarté un vieux rideau tendu pour protéger des meubles fragiles, derrière lequel on n'avait pas exploré. Ils entraient.

– Le voilà ! C'est lui ! Je le veux ! a piaillé Florian.

– Comment arrêter cet engin ? a grommelé Gilles. C'est démoniaque.

Il y a eu un bruit sourd puis plus de coucou.

Mais je n'écoutais plus. Je regardais autour de moi et le décor en valait la peine. Parce qu'il n'y avait pas que moi qui me cachais derrière ce rideau. Il y avait aussi les tableaux d'Oncle Richard, ceux qu'il ne voulait pas montrer. Et surtout, parmi des peintures à l'huile d'animaux imaginaires, un portrait de Grand-père tout à fait extraordinaire avec ses yeux malicieux et son nez en trompette. C'était Grand-père tel que je l'avais

connu en bonne santé, mais avec une expression fière que je ne lui avais jamais vue. On aurait juré un de ces portraits d'ancêtre qui ornent les murs des châteaux, le long de l'escalier en marbre. Ce tableau me captivait. Pourquoi le cachait-il donc ? Il était très réussi. Pourtant, je ne pouvais me défendre d'un léger malaise. Sans discerner quoi, quelque chose m'échappait, me gênait.

– C'est la moitié d'une carte au trésor !

– Non, un bout, un vieux bout !

– Ça a au moins cent ans (la voix de Florian).

– C'est peut-être le vieux comte qui l'a dessinée…

– Idiot ! Il aurait profité de son trésor au lieu de le cacher !

– C'est peut-être un héritage et il estime que son fils n'est pas digne d'hériter…

– Eh, tu ne crois pas que ce sont les filles qui nous montent un bateau ?

– Non, elles sont trop bêtes ! Dis donc, quelle découverte ! Il ne faut surtout pas qu'elles l'apprennent sinon on les aurait toute la journée sur le dos.

– Je peux l'avoir, le coucou ?

– Bien sûr, on va demander à Grand-mère.

Je suis redescendue à pas de loup, dix minutes après leur départ. Les filles m'ont fait un triomphe. Mais pourquoi donc ne leur ai-je pas parlé des tableaux cachés ?

Le déjeuner a été expédié. Après avoir tourné et retourné dix fois dans la cour pour ne pas se faire remarquer, les garçons ont fini par traverser la route et regagner le Bosquet aux Trois Chênes. Quelques minutes plus tard, Gilles est revenu en roulant des mécaniques, est entré dans le hangar et en est sorti avec deux pelles, une bêche et une pioche. Du haut de notre poste d'observation, nous avons poussé un cri de victoire.

– Ça mord ! a jubilé Alexis. On va en profiter pour explorer le puits.

– En descendant le long de la corde ? a demandé Laurette qui a pâli. Elle a l'air pourrie !

– On n'a qu'à la vérifier, a dit Sophie qui applaudit à toutes les idées d'Alexis.

Je n'ai rien dit mais j'en pensais quatre tandis que nous traversions la cour. Chaque pas qui me rapprochait du puits accélérait la fin du monde. Alexis sautait d'excitation. Ne se rendait-elle pas compte que j'avais peur ? Elle me connaît bien, pourtant.

– Regarde, Laurette, a-t-elle dit en attrapant la corde. Elle n'est pas du tout usée. Je vais descendre la première pour vous le prouver.

– Tu vas te casser la figure, ai-je protesté. C'est très dangereux.

– J'ai appris à tomber, au judo.

Sophie a fait tourner la manivelle pour descendre le seau. Il prenait son temps et brinquebalait. Ce vieux puits devait avoir au moins cent mètres de profondeur ! Enfin on a entendu un bruit sourd.

– Il est arrivé ! s'est écriée Alexis en se penchant (mais on n'y voyait goutte).

Elle a agrippé la corde, et s'est mise à descendre comme en gym seulement en gym on sait qu'il y a un tapis en dessous, et la corde ne mesure que trois mètres. Alexis avait vraiment l'air d'un garçon, avec ses cheveux tout courts et ses gestes carrés, si agile, si sûre d'elle. Je l'ai vue rapetisser peu à peu, aspirée par les profondeurs humides.

– Ça va, Alexis ? ai-je crié.

Un faible « Hou hou ! » m'a répondu.

Puis elle a disparu.

– Mais que fabrique-t-elle, mon Dieu ? ai-je dit.

– Ne t'inquiète pas, elle explore, a affirmé Sophie.

– J'aurais préféré explorer le Château d'En-Haut, a murmuré Laurette en regardant tournoyer son pendule.

Pourvu qu'elle ne découvre rien d'intéressant! Je n'avais pas du tout envie de faire de la spéléologie, moi!

Quand je l'ai vue remonter au bout de la corde, j'ai poussé un gros soupir. Elle s'est frotté les mains.

– Hyper-super-bradefer! a-t-elle claironné. Il y a un sol de granit, et peut-être le début d'un souterrain.

– Comment ça? a demandé Laurette que l'aventure commençait à séduire.

– Un éboulis obstrue une entrée. Je suis sûre que le puits aboutit quelque part. Il faut prendre une lampe de poche, des pioches et une boussole.

Avec quel enthousiasme elles se sont toutes précipitées à la maison pour récupérer ces instruments, même Laurette! Mais quand nous sommes retournées près du puits, j'ai craqué :

– Je ne peux pas! ai-je avoué, en larmes. J'ai le vertige!

– Eh bien aujourd'hui, tu vas le vaincre! m'a dit Alexis avec une bourrade dans le dos. (Elle en a de bonnes!)

J'ai mouché mon nez qui coulait.

– Il n'y a rien, en bas.

– S'il n'y a rien, on se sera bien amusées, a affirmé Alexis. Tu ne vas pas rester à l'écart, hein? Ce serait moins drôle sans toi. Tu vas mettre un pied dans le seau. Ça se passera très bien, tu verras. Tu ne peux pas tomber. La corde est solide et on est là.

– Il a combien de mètres, ce puits ?

– Entre dix et vingt mètres, a-t-elle répondu comme si c'était une bagatelle. T'inquiète pas, s'il y a des courants d'air, en bas, on arrivera à respirer.

– Inspire profondément, a dit Sophie. Ça calme.

– Moi non plus je ne suis pas sportive, m'a dit Laurette. J'espère que je vais y arriver. Ouf, j'ai peur !

Sophie a remonté le seau. Laurette a posé un pied à l'intérieur tandis que l'autre décrivait des moulinets. J'en étais malade pour elle et surtout pour moi.

– Tu vois, m'a-t-elle dit tandis qu'elle descendait, tremblant visiblement. Ça marche.

A la suite, Sophie, qui réussit tout, est descendue à la force des poignets.

– A toi, m'a dit Alexis. Tu ne risques rien, je te promets.

Dans un état second, j'ai attrapé la corde. Je me disais : « Imagine que tu as huit ans, que tu es un garçon manqué, que tu t'amuses avec les cousins. » J'ai posé un pied en équilibre sur le seau et au fur et à mesure que la corde descendait, je regardais avec terreur défiler les parois du puits toutes lézardées. Ce vieux seau rouillé allait se détacher de la corde, je le sentais céder sous mon pied. Et la poulie grinçait. Soudain le nez m'a picoté.

– Ma rhinite s'aggrave, je vais avoir une grippe, une bronchite... ai-je grommelé.

Ça m'a sauvée de songer à mes allergies plutôt qu'au vide qui m'aspirait. J'étais plutôt fière de moi d'atterrir saine et sauve.

– Nous voilà au fond du terrier, comme Alice ! a dit Sophie, en me prenant à témoin. C'est peut-être le pays des Merveilles !

– Plutôt un dépotoir, ai-je remarqué froidement. Il y a des boîtes de conserve, des trognons de pomme et un pot de fleurs !

– Vous voyez cet éboulis, a dit Alexis en sautant royalement de sa corde. Une partie de la paroi s'est effondrée.

– Ça cache un autre tunnel, a murmuré Laurette.

– A nos pioches ! a dit Sophie.

On a creusé avec ardeur et la peur m'a reprise. Je me voyais avançant à quatre pattes le long d'une galerie aux parois gluantes, patauger dans l'eau, rencontrer des rats, que sais-je encore ?

– Wouaouh ! a rugi Alexis quand une ouverture a surgi derrière les cailloux déblayés.

En effet, il y avait une sorte de galerie qui remontait en formant un coude. Malgré moi, j'étais excitée. On a enlevé nos manteaux qu'on a posés sur le sol de granit et l'escalade a commencé, guidée par Alexis. Au début, je respirais normalement. Mais après le coude, la galerie s'est rétrécie. J'ai senti des petites bêtes courir dans mon cou. Quand j'ai posé la main sur un mille-pattes, j'ai hurlé.

– Manon a vu un mille-pattes ! a déclaré Sophie.

– Tu rigoleras moins quand tu avaleras une araignée ! ai-je répliqué, pensant qu'elle se moquait de moi.

– Oh non ! On ne peut plus avancer ! s'est exclamée Alexis. Le tunnel est muré !

– Tu crois qu'il y a quelque chose derrière? a demandé Laurette. Je ne suis pas bien. Retournons.

– On sent un appel d'air, a dit Alexis. Tant mieux, on ne mourra pas étouffées. Ça doit continuer. Voyons dans quelle direction nous allons.

– On est au sud-est, a dit Sophie qui tenait la boussole.

– La cave aussi, a dit Alexis. Si mes calculs sont exacts, on devrait aboutir à la cave, près des vieux tonneaux de Beaujolais.

– Oui mais comment démolir le mur? a demandé Sophie. A coups de bulldozers?

– Il faut desceller les briques, a dit Alexis. J'ai besoin d'outils. Attendez-moi ici, je reviens.

– Je viens avec toi, ai-je dit entre deux éternuements. J'étouffe. Tu viens, Laurette?

– Non, a répondu Laurette d'une voix faible. Je tiens bon quand même.

Entre la poussière des graviers, les insectes et le froid, j'avais la gorge, le nez et les oreilles en feu. Si j'avais pris ma température, j'aurais eu au moins 40. Ça m'a permis de remonter le puits comme une somnambule. Au-dehors, la nuit était presque tombée. Le temps était-il passé si vite, sous terre?

Sans mot dire, Alexis et moi, nous avons fait le tour de la

maison et nous nous sommes cachées derrière un marronnier pour épier les garçons. Absorbés par leur chasse au trésor, ils ne pensaient plus à nous. Quels énergumènes ! Ils fabriquaient de véritables tranchées. Et Grand-mère leur donnait sa bénédiction ? Malgré ma fatigue, j'étais morte de rire, de les voir creuser, comme si l'avenir du monde en dépendait...

– Maintenant, ai-je dit à Alexis dans le couloir, retournes-y toute seule. Je vais prendre une douche et me reposer. Sinon, demain, j'ai la crève.

– D'accord. Tu dois être en forme, parce que demain... on passe aux choses sérieuses.

Je râlais en montant l'escalier. Les choses sérieuses... Et avoir peur, attraper mal, ce n'est pas sérieux ?

Ce soir, mes amies affichaient une forme olympique, même Laurette. Quant aux garçons, ils avaient l'air tout excités et parlaient à voix basse. Moi, je me suis contentée de reprendre une part de lapin au cidre en reniflant.

– Bredouille, m'a annoncé Alexis au dîner. Le mur tient bien. Mais ne t'inquiète pas. Demain, on repart à l'assaut.

Heureusement qu'il tenait bien, ce mur ! Espérait-elle le faire sauter à la dynamite ? Et moi qui l'avais toujours crue si raisonnable.

– Je ne vais pas le faire sauter à la dynamite, m'a dit Alexis comme si elle m'avait entendue penser. De toute façon, il donne sur la cave. On ne doit pas prendre de risques inutiles.

– Ah, tu crois ? ai-je ironisé.

– Sûr, a-t-elle affirmé avec le plus grand sérieux.

J'attendais beaucoup du Régal au Chocolat mais Grand-mère a secoué la tête après l'avoir goûté.

– Il a un drôle de goût. Je connais la recette pourtant. Qu'est-ce que tu as ajouté de nouveau ?

– Un peu de cardamome pilée, Grand-mère. Ça fait ressortir le parfum du chocolat. C'est une épice indienne.

– Une épice indienne dans un gâteau français, a dit Grand-mère en secouant la tête. Ça ne donne rien de bon, bien sûr.

– C'est le meilleur gâteau au chocolat que j'ai mangé de ma vie ! s'est écriée chaudement Alexis.

– Moi aussi ! ont renchéri Sophie et Laurette.

– Mm... mm... a fait Grand-père en tendant sa petite cuillère remplie de gâteau.

– Oh, Grand-père, tu aimes mon gâteau !

J'ai couru jusqu'à lui pour l'embrasser. Il n'y a que lui qui aime mes gâteaux, dans cette famille, qui rit à mes plaisanteries, qui est content que je veuille devenir prof de français, lui et l'Oncle Richard qui était encore sorti. Et en l'embrassant des dizaines et des dizaines de fois, j'ai failli pleurer en me rappelant ce tableau où il paraissait si plein de vie.

LES PETITS DÉJEUNERS SE SUI-VENT ET NE SE RESSEMBLENT PAS. APRÈS UNE BONNE NUIT de sommeil, j'avais décidé de me lancer dans l'aventure. Les garçons dévoraient leurs tartines à toute vitesse, sans doute pressés de poursuivre leurs explorations.

– Quelle aventure, hein? ai-je lancé sournoisement à mon frère.

Cet abruti est tombé dans le panneau.

– Ouais, même que Gilles a dit que c'est... Hompf!

Denis venait de le bâillonner avec sa serviette. Moins une! Florian avait vraiment failli vendre la mèche.

Quelle satisfaction de les voir enfin partir en direction du Bosquet aux Trois Chênes. Ravies de notre farce, nous sommes retournées au puits.

Malgré la peur, ce matin, je me suis calée avec plus de sûreté

sur ma jambe gauche, celle qui restait dans le seau et j'ai mieux contrôlé mon équilibre. Le long du tunnel aux mille-pattes, mes larmes ont tellement coulé que, pour mon bonheur, je ne voyais plus rien.

– Venez ! a soudain crié Laurette qui est myope et colle le nez sur les objets pour les examiner. Une porte secrète !

Nous nous sommes retrouvées toutes à quatre pattes, en train de scruter une dalle couverte de terre, à même le sol Alexis a frotté la terre avec son mouchoir.

– C'est peut-être une trappe ! s'est-elle exclamée.

Elle a remis son mouchoir tout noir dans la poche de son jeans.

– Elle doit avoir une surface d'environ cinquante à soixante-dix centimètres carrés, c'est suffisant pour nous laisser passer. Mais on ne peut pas la desceller, il y a de la boue séchée dans les rainures. Il faut de l'eau et un pied-de-biche. Je vais en chercher.

Elle a mis un certain temps à revenir, si bien que nous avons cru qu'elle avait fait de mauvaises rencontres. Quand elle est réapparue, elle riait encore.

– Le sol du bosquet est complètement retourné. On dirait qu'il y a eu un cataclysme.

Elle a versé une bouteille d'eau sur la dalle et s'est acharnée dessus avec un drôle d'instrument, sans doute ce qu'elle appelle un pied-de-biche. Quand la dalle a glissé, je n'y croyais plus. Un échelon est apparu. Alexis a posé le pied dessus et a commencé à descendre. Nous l'avons suivie à la queue leu leu, moi la dernière. Nous allions entrer dans un domaine inconnu. Ça devenait rudement excitant !

Quand j'ai posé le pied par terre, je me suis retrouvée dans un long vestibule avec des portes tout le long. On aurait dit le hall du Château d'En-Haut. Pourtant, nous étions bien plus bas que la cave, carrément sous terre ! Le plafond avait au moins quatre mètres de haut. Je posai les mains sur les murs, tendus de velours rouge profond. Il était soyeux mais un peu fatigué. Sans doute avait-il été placé là bien des années auparavant. Il y avait des flambeaux de bronze sur une table en merisier. Nous avons regardé autour de nous en silence. Alexis tâtait le tissu comme si elle espérait qu'une porte dérobée ferait son apparition.

– Qui habite ici ? a demandé Sophie.

– Chut, il nous observe peut-être, a dit Laurette à voix basse. Il a peut-être toute une série de caméras et il filme les importuns qui violent son domaine.

– Tu te fais du cinéma, a coupé Alexis un peu sèchement. Personne n'habite là depuis longtemps.

Elle a essayé d'ouvrir les portes qui toutes étaient dépourvues de poignée, comme celle du Cabinet Noir.

– J'avais raison! a murmuré Laurette dont la bouche tremblait. Les morts revivent!

Ça venait tellement comme un cheveu sur la soupe qu'Alexis a éclaté:

– Ah, ça suffit, toi et tes morts! Je ne veux pas entendre parler de la mort. Je déteste la mort. On n'en parle pas, c'est compris?

Laurette est devenue toute pâle et ses traits se sont crispés. A ce moment-là, j'ai songé: «Elle croit à ce qu'elle raconte. Pour les autres, c'est un jeu mais pas pour elle. Depuis le début, elle est persuadée qu'il y a un mystère dans la maison et qu'un mort va revenir.»

La dernière porte, au fond, était également sans poignée. A la hauteur du judas, j'ai remarqué un petit losange, en creux. Intriguée, Alexis a suivi les contours du doigt.

– Ça sert parfois de jouer aux jeux vidéo, a-t-elle ajouté en se tournant vers moi. On rencontre souvent des énigmes de ce genre. Ce losange est une sorte de serrure. Pour l'ouvrir, toutes les solutions sont possibles, par exemple appuyer sur un côté du losange selon un certain ordre.

Chacune à tour de rôle s'est mise a tapoter sur le losange mais la porte ne s'ouvrait pas. Laurette a posé le nez dessus pour mieux l'examiner. Elle a poussé un cri:

– Oh! Une inscription est gravée dans le bois.

J'ouvre ces lieux
Mais mon rôle est de fermer
Entre se serrer les coudes
Et se serrer la main.

Alexis a émis un long sifflement admiratif.

– On dirait que le maître des lieux aimait jouer aux jeux d'aventures!

– Pourquoi « aimait jouer »? a demandé Sophie. Il joue peut-être encore à l'instant même!

– Mais non, voyons. Ça crève les yeux. C'est le vieux châtelain Marcel qui a fait construire ce souterrain.

– Tu es trop sûre de toi, a repris Sophie. Le souterrain a peut-être été construit par un lointain ancêtre. Les comtes se transmettaient probablement le secret et le vieux comte en a hérité.

– Et pourquoi l'a-t-on construit sous cette maison et pas sous le château? a interrogé Laurette.

– Il y a sans doute un souterrain sous le Château d'En-Haut, a lancé Sophie.

– Oui, mais c'est celui-ci qui nous intéresse, ai-je affirmé. Le Château d'En-Bas.

« Le Château d'En-Bas… ai-je aussitôt songé. Quel joli nom. J'ai de bonnes trouvailles, quelquefois. »

– Mais savoir pourquoi il a été construit ici plutôt qu'ailleurs… a dit Alexis sans s'émouvoir. Mystère !

– Est-ce que le vieux châtelain est vraiment mort ? a demandé Laurette.

Son nez frémissait comme celui d'un petit lapin du clapier avant qu'on le transforme en civet.

– Mortibus, ai-je répondu, refusant de m'attendrir. On l'a enterré dans la crypte… à moins que ce soit un vampire qui se lève la nuit pour nous sucer le sang !

Nous avons passé une bonne partie de la matinée à chercher la solution. Au bout de quelque temps, nous nous sommes assises par terre, découragées. Sophie a décidé d'aller chercher des victuailles et d'espionner les garçons. Son expédition a semblé durer une éternité. Elle est revenue avec du pain et du chocolat et cette fracassante nouvelle :

– Ils ont disparu ! Mais ils ont laissé leurs tranchées.

– Ils n'ont rien trouvé et ils calent, a soupiré Alexis. Comme nous.

– Tu n'aurais pas dû attaquer Laurette, a dit Sophie à Alexis quand nous sommes retournées au dortoir. Tu l'as blessée.

Laurette visitait les petits coins et nous l'attendions sur nos lits. Sophie dessinait des losanges sur une feuille de papier. Aucune inspiration géniale ne nous traversait.

– J'en ai marre qu'elle parle des morts pour un oui pour un non! a répliqué Alexis.

– Elle a une raison, a dit Sophie. Je ne devrais pas vous le répéter mais c'est pour que vous la compreniez. Son père...

– Il est mort? ai-je demandé.

– C'est ce que prétend sa mère. Laurette est persuadée qu'on lui cache la vérité. Quand elle dit que les morts vont revivre, elle pense à son père. Mieux vaut ne pas insister.

– Tu as bien fait de nous l'expliquer, a dit Alexis. Mais ne rentrons pas dans son jeu. Il faut l'aider à garder les pieds sur terre.

– Je sais. Vous garderez le secret?

– Promis, ai-je dit.

Quand Laurette est revenue, nous nous sommes creusées la cervelle pour déchiffrer l'énigme:

– Qu'y a-t-il entre le coude et la main? a demandé Alexis.

– Les poils! ai-je répondu.

– Les grains de beauté, a répondu Laurette.

– Le poignet, a répondu Sophie.

– Ah, pas mal le poignet, a dit Alexis. Y a-t-il un objet qui ferme le poignet?

– La montre! me suis-je exclamée.

– Une chaîne! a répondu Sophie.

– Un garrot, a dit Laurette, toujours guillerette.

– Oh, je sèche!... a soufflé Alexis. Et j'ai faim. On va manger?

– Vous m'aidez à faire mon crumble aux pommes*, avant? ai-je demandé.

J'ai dû insister. Elles se font toujours un peu tirer l'oreille pour faire la cuisine.

Au déjeuner, les odieux cousins semblaient tout fous. Ils riaient, chuchotaient et nous lançaient des regards goguenards. Où étaient-ils passés depuis qu'ils avaient déserté le Bosquet aux Trois Chênes? Ils n'avaient quand même pas découvert un véritable trésor?

Grand-mère, qui était d'excellente humeur, nous a servi de la soupe aux fèves tendres et a bombardé mes amies de questions. Quand elle a commencé à harceler Laurette: «Est-ce que ton père a un bon métier? Est-ce qu'il est en bonne santé? Il t'aide à faire tes devoirs?», j'ai éclaté:

– Grand-mère, laisse le père de Laurette tranquille!

– Et pourquoi je ne parlerais pas de mon père, s'il te plaît? a demandé Laurette, glaciale.

Elle s'est tournée vers Grand-mère avec un sourire charmeur et a décrété d'une voix théâtrale que je ne lui connaissais pas:

– Mon père est inspecteur de police à la Criminelle. C'est un as. Chaque fois qu'il y a un crime bizarre, que personne ne comprend, on l'appelle.

– Un bon métier, a approuvé Grand-mère. Mais il doit rencontrer de drôles de gens.

– Je parie qu'il s'appelle Colombo, a persiflé Gilles.

– Il a un imper dégueu et une voiture déglinguée, a pouffé Denis.

– Non, il est magnétiseur, a continué Gilles. Il manie le pendule comme un as.

Denis, hilare, lui a donné une bourrade dans les côtes.

– Ouais, il fait tourner les tables et appelle les esprits.

Sans répondre, Laurette a toisé Sophie d'un air meurtrier, Sophie m'a fusillée de ses yeux gris et moi, qui ne savais pas où me mettre, je me suis tournée vers Grand-père qui me regardait avec une expression très étrange.

– Grand-mère, je voudrais de la piquette, s'il te plaît, ai-je dit dans un silence de mort.

Dans la famille, nous appelons « piquette » le vin sucré coupé d'eau qu'on donne aux enfants ou aux vieillards pour les remonter. J'en avais besoin.

Il a failli y avoir un meurtre dans le hangar aux vélos. Laurette, haussée sur la pointe de ses bottines, avait rapproché son visage à quelques centimètres du mien.

– Qu'est-ce que Sophie t'a raconté sur mon père ? Et pas de salades, vide ton sac.

Je sentais les gouttes d'encens qu'elle met dans ses cheveux. Aujourd'hui, elle s'était inondée.

– Elle m'a dit qu'il était mort.

– Et puis ?

– Et puis, c'est tout.

– C'est pas vrai, il est pas mort ! Sophie, tu es plus mon amie. Je t'ai raconté des choses à toi, rien qu'à toi. Pourquoi tu les as répétées ? Pourquoi ?

Sophie regardait par terre, les poings serrés dans les poches de son survêtement. Tout à coup, elle a levé les yeux et m'a jeté à la figure :

– Imbécile! Tarte à la fraise! Rongeuse de sucre! Groupie de suidé! Je te déteste!

Alexis s'est postée entre nous trois et a posé la main sur l'épaule de Laurette.

– Arrêtez! Tout ça, c'est ma faute. J'ai horreur que tu parles de la mort, Laurette. J'y suis allée un peu fort avec toi. Sophie nous a parlé de ton père pour que je me calme.

– Elle avait pas le droit! Elle avait promis!

– Et Manon a voulu stopper sa grand-mère qui est la reine des gaffeuses, a continué Alexis.

– Je veux revenir chez moi!

Laurette s'est écroulée en sanglots contre le mur, entre deux balais-brosses.

Sophie s'est mise à tourner autour d'elle, ne sachant pas par quel bout la prendre.

– Laissez-nous, a-t-elle murmuré. Je veux m'expliquer. Moi, je m'en fiche, des souterrains, des losanges, des énigmes. Continuez sans nous.

Alexis a poussé un gros soupir et a pris son vélo.

– Viens, Manon, m'a-t-elle dit à l'oreille. On va faire la course.

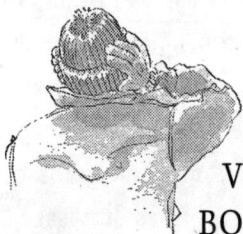

AVANT D'ENFOURCHER MON VÉLO, J'AI BIEN PLAQUÉ MON BONNET SUR MES OREILLES. Il faisait un froid de canard. Dans la côte, derrière Alexis, je pédalais sans conviction. Ce ciel gris plombé m'éblouissait. Je revoyais le petit museau effarouché de Laurette et les insultes de Sophie m'assourdissaient. « Tarte à la fraise ! Rongeuse de sucre ! Groupie de suidé ! » Maintenant, elle me détestait. Comment arriver à rattraper ma gaffe ?

Nous avons fait une virée près du château où, fort heureusement, il devait y avoir une fête car de somptueuses voitures franchissaient le portail. Tant mieux.

Le village n'était pas loin. Un drôle de bonhomme portant casquette et jeans kaki avait installé son chevalet en plein milieu de la place déserte, l'Oncle Richard !

– Enfin des êtres humains ! s'est-il écrié en nous voyant descendre de nos vélos. Venez voir mon chef-d'œuvre !

Il peignait une sarabande de fantômes verdâtres qui se poursuivaient dans une maison grise... du moins le croyais-je.

– Ah, les nuages dans le ciel, a déclaré Alexis. Ils ont toujours des formes rigolotes.

– Oui, ce sont les nuages, a répondu l'Oncle, à ma grande surprise. Je m'ennuyais un peu, tout seul. Voulez-vous poser pour moi ? Ça me changerait un peu. Alexis, assieds-toi sur ce banc, le dos tourné à l'église. Je vais te croquer.

Sur une feuille, dans son carnet de croquis, il a tracé grosso modo les volumes du visage, du corps, noté rapidement l'attitude, puis il est revenu à la charge, a rectifié les mains, plus carrées, marqué les sourcils, plus touffus, les cheveux coupés à la diable et insisté sur les fossettes aux joues... en trois minutes, Alexis était saisie toute crue et entourée d'un cadre, comme un portrait d'ancêtre.

Je ne me suis pas fait prier quand il m'a demandé de poser à mon tour. Alexis se tortillait derrière lui, emballée de me voir surgir sous son crayon, avec ma figure ronde, ma bouche goulue, mon nez rigolard et ma fossette au menton. Qui se douterait que parfois, cette tête est farcie d'idées noires ?

– Je vous donnerai les croquis à la maison, a dit l'oncle. Vous risquez de les froisser. Ils sont à l'abri dans mon carton.

– Tu devrais faire des portraits de la famille, ai-je dit pour le tester. Grand-mère les suspendrait tout le long de l'escalier.

– Tu veux rire! C'est bon pour les aristos!

«Oui, bonne réponse», ai-je songé.

– Tu aimes toujours les énigmes, Oncle Richard? ai-je interrogé. J'en ai une:

J'ouvre ces lieux
Mais mon rôle est de fermer...

Alexis m'a flanqué un coup de poing dans les côtes, en douce, comme si j'accumulais les gaffes. Elle ignore qu'Oncle Richard n'est pas n'importe qui, il sait garder un secret.

– Il s'agit d'un objet ou d'un terme abstrait? a-t-il demandé.

– D'un objet, a répondu Alexis. Il doit ouvrir une porte.

– Ah... il faut sans doute chercher parmi les objets qui vous entourent...

– J'y ai déjà pensé, a murmuré Alexis, songeuse.

J'avais peur qu'elle se fâche contre moi, la gaffeuse. Mais sur le chemin du retour, elle a essayé de me réconforter:

– Ne t'inquiète pas. Je parie que Sophie s'est déjà raccommodée avec Laurette. Elle aura tout oublié.

– Non, ai-je dit d'une voix étouffée. Elle m'en veut à mort. Elle nous avait confié un secret et je l'ai répété.

– Tu ne voulais pas lui faire du mal. Au contraire.

– Va le lui dire.

J'ai toussé comme une malheureuse. Mes poumons étaient pris, ma gorge et mon nez aussi.

A notre retour, la salle à manger ressemblait à un havre de paix et d'ennui. Sophie pilait Laurette au morpion. Grand-mère faisait une réussite et Grand-père suçait des pastilles Valda. Les garçons suivaient d'un œil morne un débat inepte, à la télé : « Les animaux sont-ils aussi humains que les hommes ? » où la plupart des participants affirmaient qu'ils l'étaient bien davantage. Alors, finie l'aventure ? Les malheureux semblaient s'ennuyer à mort.

– Vous avez éclairci l'énigme ? nous a demandé Sophie.

– On nage toujours, a répondu Alexis.

Elle m'a lancé un clin d'œil qui signifiait sans doute : « Tu vois, elles ne t'en veulent plus. »

Je n'en étais pas si sûre.

Plutôt sinistre, le dîner autour du bœuf bourguignon. Oncle Richard jouait aux échecs avec un copain d'enfance et je regrettai de ne pas revoir ses croquis. Le regard de Grand-père, plus vif que d'habitude, se posait sur l'un, sur l'autre, au gré des allées et venues de sa cuillère. Le crumble aux pommes est arrivé sur la table comme l'événement de la soirée. Je l'avoue, il était fameux. Pourtant, Grand-mère a trouvé le moyen de le critiquer :

– Un peu lourd, ton dessert, ma fille !

– Mais Grand-mère, tu aimes le crumble aux pommes* de maman et c'est la même recette ! ai-je protesté.

Quelle mouche a piqué Denis pour qu'il veuille nous montrer quelques tours de cartes, après le dessert ? Il ferait bien de renouveler son stock.

– Et où est passée la dame de carreau ? demandait-il. (Son truc, c'est la carte qui se volatilise et qu'on dégotte sur une personne de l'assistance.) Ah ah, sous le nez de Grand-père.

Florian est parti d'un rire perçant tandis que Grand-mère applaudissait sans retenue, ce qui m'a écœurée.

– Et ce deux de trèfle, eh eh, dans la poche du tablier de Grand-mère.

– Pas très inspiré, ce soir, les trois petits cochons ! a persiflé Sophie.

– Et celle-ci, oh oh ! Dans la manche de Gilles !

– De mieux en mieux ! a lancé Alexis. La prochaine fois, ce sera dans ta poche. Quelle imagination !

A ce signal, nous nous sommes levées de nos chaises et nous avons débarrassé la table en dansant comme dans une comédie musicale. Avant de quitter la salle à manger, Laurette a fait

---

* La recette du crumble aux pommes est donnée p.135.

jaillir une fourchette, comme par magie, derrière l'oreille toute rouge de Florian. Notre sortie était pleine de panache !

Une fois dans le dortoir, Laurette a commencé à délacer ses bottines. Je l'ai fixée sans rien dire. Au bout d'un moment, j'ai fini par lui demander :

– Tu m'en veux toujours ?

– Non, c'est pas ta faute. Ni celle de Sophie. C'est ma mère. Elle ne m'explique jamais rien.

– Qu'est-ce qu'elle t'a dit sur ton père ?

– Qu'il était mort.

– Et tu ne le crois pas ?

– Non. Quand je lui demande comment il est mort, elle répond : « Ça ne te regarde pas. » Si je lui demande quel était son métier, elle dit : « Rien d'intéressant. » Et elle ajoute : « Il ne valait pas cher. » Elle préfère qu'il soit mort mais je suis sûre qu'il ne l'est pas.

– Il faut aller demander un extrait de naissance à la mairie, a dit Alexis. Si ton père est mort, ce sera inscrit dessus.

Laurette a pâli et secoué ses longs cheveux.

– Et s'il était vraiment mort ?

– Alors, tu sauras la vérité ! a dit Alexis.

Sophie s'est assise par terre, entre les deux.

– Ça te plairait, à toi, qu'on te mette une vérité affreuse sous le nez ?

– Je préfère savoir, a affirmé Alexis. Si tu veux, Laurette, je t'accompagnerai à la mairie.

– Je réfléchirai, a murmuré Laurette en se frottant les tempes, pas vraiment convaincue.

Elle a baissé la tête, secoué encore ses cheveux puis a levé vers nous un visage souriant, comme si elle avait chassé toute idée noire.

– Quel abruti, ce Denis avec ses tours de cartes !

Elle a levé un bras et fait mine de sortir quelque chose de sa manche chauve-souris. Puis elle s'est arrêtée net et s'est donné un coup de poing sur le front.

– Qu'est-ce qui est entre le coude et la main ? a-t-elle répété.

– La manche ! a répondu triomphalement Alexis.

– Ce n'est pas un objet en forme de losange ! ai-je risqué.

– La manche, non, a dit Alexis. Mais ce qui la ferme, oui. Manche... manchette. Qu'est-ce qui ferme la manchette ?

– Le bouton de manchette ! a répondu Sophie en même temps qu'Alexis qui a enchaîné :

– Où ton grand-père met-il ses boutons de manchettes, Manon ? Il en a toute une collection, ça m'a frappée.

– Dans un coffret en fer, dans la salle de bains mais je ne...

– Y a-t-il une chance pour que le vieux comte lui en ait offert quelques-uns ?

– Le vieux comte lui offrait beaucoup d'objets précieux, oui mais je ne vais pas...

– Il s'agit du Château d'En-Bas, Manon ! a dit Alexis d'un ton sans réplique. De notre aventure.

– Tu as raison, ai-je dit. Les garçons ont le droit de puiser dans le stock, quand ils mettent leur belle chemise. Pourquoi pas moi ? D'ailleurs, je les rendrai très vite.

Je me suis faufilée dans la salle de bains du rez-de-chaussée en remerciant les personnages du téléfilm de hurler. Sur une étagère en verre, à l'intérieur du coffret s'entassaient plein de boutons de manchettes dépareillés ou non, vieux, neufs, précieux ou moches. Au choix. Et parmi eux, il y avait deux beaux boutons d'ambre en forme de losange...

Je n'oublierai jamais le regard joyeux que m'a lancé Alexis quand je lui ai tendu mes deux prises de guerre.

– Pile poil ! Je n'y croyais pas moi-même !

Sophie m'a tendu la main et je l'ai serrée si vivement qu'elle a éclaté de rire. Laurette a posé sa main aux ongles pointus par-dessus et Alexis a écrasé le tout de sa paume carrée. C'était un pacte solennel d'aventure et d'amitié, par-delà les mille-pattes, les araignées, les puits profonds et les gaffes sans fond.

JAMAIS JE N'AI ENGLOUTI
SI VITE UN PETIT DÉJEUNER.
J'ENFOURNAI TARTINE SUR TARTINE.
Les trois petits cochons pouvaient faire ce que bon leur semblait. L'important, pour moi, pour nous, c'était de savoir ce
qui se cachait derrière la porte. Et mes poumons, ma gorge et
mon nez se portaient presque bien. « Si j'ai le temps, ai-je
songé, je fabriquerai un gâteau au fromage blanc*. »

Alexis a fourré dans son sac de gym tout un attirail d'explo-
rateur : une grosse corde pour nous attacher, des lampes-
torches, une boussole, des allumettes et du chocolat à croquer.
Moi, j'ai demandé à Grand-mère un panier pique-nique.

– J'ai bien entendu ? Vous allez pique-niquer par ce froid ? Et
où ça, grands dieux ?

---

* La recette du gâteau au fromage blanc est donnée p. 136.

– On se balade à vélo, ai-je répondu. On s'arrêtera en chemin.

Un peu surprise, elle a fourré dans un sac en plastique des tranches de porc froid, du pain de campagne, des pommes Granny plus un Thermos de chicorée au lait et des gobelets en carton.

Avant de descendre au puits, on a planqué les vélos derrière un fourré. S'ils étaient restés dans le hangar, on aurait été trahies. Mais quand Alexis a commencé à agripper la corde, la fenêtre de la cuisine s'est ouverte. Grand-mère nous pétrifiait de ses petits yeux ronds d'animal empaillé.

– Qu'est-ce que vous fabriquez ?

D'habitude, à cette heure-ci, elle restait avec l'infirmière. Tant que nous n'avions pas les garçons sur le dos, sa présence ne nous encombrait pas trop.

– On voulait vérifier si le puits marchait.

– Tu le sais bien, qu'il ne marche pas.

– Il n'est plus alimenté par la rivière souterraine ?

– Oh, la rivière ! Il a fallu l'endiguer. Elle provoquait des dégâts dans les caves et les celliers.

– J'ai fait tomber ma montre au fond, a dit Sophie.

– Ah, eh bien si tu veux faire une excursion, vas-y mais ne te romps pas le cou. J'aurais des histoires avec tes parents.

La marche à quatre pattes le long de la galerie aux mille-pattes m'a paru bien plus courte. Puis nous avons poussé la trappe, descendu les échelons et arpenté le couloir tendu de velours rouge. Quand nous nous sommes arrêtées devant la porte au losange, nous étions tout émues.

– D'après vous, qu'est-ce qu'on va découvrir ? a demandé Sophie.

– Peut-être une salle de bal avec des lumières de toutes les couleurs, a répondu Laurette.

– Les mêmes pièces qu'au Château d'En-Haut, a répondu Alexis.

– Encore plus beau... ai-je dit.

– Des salles de musique avec des cithares, des gongs et des danseuses couvertes de voiles... a dit Sophie.

– Des catacombes... a ajouté Laurette.

Quel grand moment que celui où Alexis a posé le bouton de manchette sur le creux du losange. Un mécanisme rouillé a grincé et la porte s'est ouverte sur un labyrinthe noirâtre ! Alexis a brandi sa lampe-torche qui a éclairé des galeries bourbeuses, des murs rongés d'humidité, aux plafonds bas. Plus d'enfilade de portes, de velours rouge profond, de flambeaux de bronze, de table en merisier...

– Les égouts ! s'est écriée Sophie.

– On va se perdre et il ne restera plus de nous qu'un tas d'os ! a gémi Laurette.

– On ne peut pas continuer ! ai-je dit.

– Si !

Alexis a sorti la grosse corde du sac de gym.

– On va s'attacher et marcher en file indienne.

Sophie, Laurette et moi, nous avons échangé un regard éploré. Tout plutôt que de la décevoir, elle, notre guerrière. Nous nous sommes laissé attacher.

Alexis m'a placée deuxième dans l'expédition, juste derrière elle. C'était plus prudent. De sa lampe, elle a balayé la galerie, large environ d'un mètre cinquante. Dès le premier pas, j'ai pataugé dans l'eau boueuse. Quelle idée d'avoir mis mes ballerines, juste ce jour-là alors que les autres avaient leurs baskets ou leurs bottes.

– Aïe, ma tête! s'est écriée Sophie. Toutes les poutres sont contre moi!

– Attention, l'eau monte! a averti Alexis.

– Qu'est-ce que c'est, cette eau? a demandé Laurette. C'est froid!

– Sans doute la Rigolette du petit Renart, ai-je répondu. La rivière souterraine. Je croyais qu'on l'avait endiguée. Elle alimente la piscine. C'est dangereux, Alexis, il faut rentrer!

– Il doit y avoir un lac souterrain, comme dans le *Fantôme de l'Opéra*, a dit Sophie. Après, je parie qu'il y a les appartements des comtes.

– On va tomber sur un squelette! a dit Laurette.

– Bientôt, ce seront nous, les squelettes! ai-je soupiré.

Nos voix se répercutaient en écho le long des noirs tuyaux. Soudain, je me suis cassé la figure. Alexis avait oublié de signaler une dénivellation du sol. Avec son pied alpin et son œil de lynx, elle ne se doute pas qu'à côté d'elle, les autres sont infirmes.

– Signale les obstacles! j'ai crié.

– Attention, escalier à droite! Première marche!

Elle a éclairé un escalier en colimaçon qui avait l'air d'être en fer-blanc et branlait sous nos pas.

– Alexis! ai-je brusquement crié. Tu crois qu'on retrouvera le chemin du retour?

– On aurait dû emporter un long fil, comme Thésée dans le labyrinthe, a dit Sophie, une nuance d'inquiétude dans la voix. Ouille, les plafonds sont bas!

– On va peut-être rencontrer le Minotaure! a lancé Laurette.

– Je contrôle la situation, a dit Alexis. La boussole indique qu'on va vers l'ouest. On monte.

– On va rejoindre le château? a demandé Sophie.

– Non, il est beaucoup trop loin. Tiens, une porte ouverte. Mettez-vous à quatre pattes, on va ramper. Attention, il y a de l'eau. Berk! Ça empeste l'égout!

A quatre pattes, Alexis ne pouvait plus tenir la lampe-torche. Nous avancions comme des automates, à tâtons, dans un noir presque total. Mon épaule a soudain frotté contre la paroi. Je me suis reculée, dégoûtée. N'était-ce pas un grondement sourd qu'on entendait, au loin? On aurait dit qu'il se rapprochait. Des trombes d'eau, peut-être? Et il n'y avait pas un souffle d'air. Oppressée, j'ai ouvert la bouche pour avaler de l'air mais quelque chose de gluant est venu se coller contre mon palais.

– J'ai gobé un moucheron! ai-je crié.

– Plutôt un insecte cavernicole d'une espèce mystérieuse, a ironisé Sophie.

– La sortie, les filles! De la lumière! On sort de la galerie.

Nous nous sommes relevées. Mon pantalon écossais dégoulinait. De la lumière? Alexis plaisantait. Au lieu d'avancer en aveugle, on distinguait les formes à environ deux mètres... il y avait trois boyaux étroits en face de nous. Lequel choisir? D'un commun accord, nous avons décidé de manger un peu. Nous nous sommes adossées contre les murs dégoûtants et j'ai croqué deux plaquettes de chocolat et bu un verre de chicorée comme un nectar bienfaisant. Nous étions épuisées comme si nous avions escaladé le Mont-Blanc.

– Quelle aventure! a murmuré Sophie.

– Elle indique le nord-ouest maintenant, a dit Alexis en consultant la boussole.

– On doit se trouver sous le village, a dit Laurette. Où, à peu près?

– Non, a dit Alexis. Le village est au nord-est. On passe à côté. On doit se trouver sous les champs.

– Je me demande comment tu sais tout ça, ai-je dit, toujours inquiète.

– C'est simple, a dit Alexis. Tiens, prenons le boyau du milieu, il y a moins d'eau.

Nous avons réattaqué notre exploration ! Pas de salle magnifique, nulle trace de l'existence des comtes, rien que des galeries gluantes, des obstacles pleins de traîtrise, des animaux louches, – j'ai cru apercevoir un rat – l'humidité et comme dit Laurette « une odeur méphitique ».

C'est pourquoi nous avons été bien étonnées de tomber sur une petite alcôve, entre deux piliers, qui avait été aménagée en salle de repos. Elle était meublée simplement d'un rocking-chair en teck et d'un divan recouvert de jute. Rien de vraiment royal. Alexis a allumé des bougies qui avaient roulé sous le divan. J'ai poussé une exclamation : sur un guéridon, il y avait un cendrier rempli de cendres et d'épluchures de mandarine fraîches !

– Quelqu'un est venu là, il n'y a pas longtemps ! ai-je constaté.

– Le nouveau comte ? a fait Laurette.

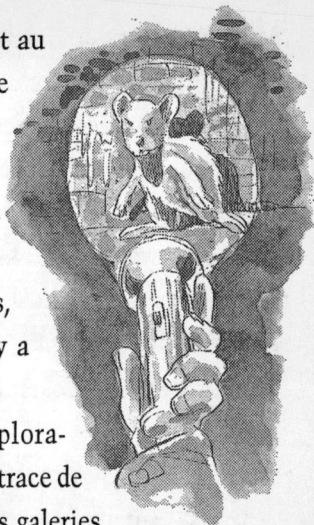

– N'importe qui a pu découvrir ces souterrains, a dit Sophie. J'ai ma petite idée…

– Pas les odieux cousins, quand même! s'est récriée Alexis. Ce ne sont pas eux qui fument.

– Et pourquoi pas? a ricané Laurette. Je vous signale que ça sent l'Amsterdamer. Notre visiteur fume la pipe et pas des cigarettes.

– Tiens, a dit Sophie. Sinon j'aurais soupçonné l'Oncle Richard. Ça lui ressemblerait bien. Ici, il aurait une paix royale.

Elle a donné le signal du repos en s'allongeant sur le divan. J'en ai fait autant. Laurette aussi. Alexis s'est effondrée dans le rocking-chair. Et je crois bien que nous avons dormi quelques instants.

Quand nous avons ouvert l'œil, j'étais étonnée et ravie d'être toujours en vie après une telle expédition. Mais l'idée de faire le chemin en sens inverse m'épuisait d'avance. A quelle heure arriverions-nous? Minuit?

– Il y a une nouvelle porte! s'est écriée Alexis qui explorait les alentours avec sa torche, infatigable. Dans le genre de la première! Venez!

En effet, la galerie se terminait par une porte très semblable à celle au losange. Sur celle-ci était creusée la forme d'un disque.

– Manon, tu as emporté des boutons de manchettes de forme sphérique? m'a demandé Alexis.

– Non et non! ai-je répondu d'une voix défaillante. Je suis crevée. Je veux rentrer.

– Moi aussi, a dit Sophie dans un souffle.

– Moi aussi, a renchéri Laurette. Eh, il y a une autre énigme gravée dans le bois! a-t-elle ajouté.

A la bloquette, à la trime
Au pot, au triangle
A la trime, à la poursuite,
Je roule pour vous.

– Oh ma pauvre tête! ai-je gémi.

Le retour a été long mais enfin, nous étions saines et sauves. En sortant du puits, mon cœur a bondi en voyant la fenêtre de la salle à manger allumée. Nous allions enfin pouvoir nous effondrer sur des chaises, bien au chaud, et manger! En nous voyant entrer dans le salon, les habits trempés, et couvertes de boue, Grand-mère s'est raidie dans sa bergère et les garçons ont sursauté comme si nous étions des fantômes. Oncle Richard souriait. Grand-père s'est arrêté de manger et a levé les yeux sur nous.

– Où êtes-vous allées ? a tonné Grand-mère. Vous vous êtes roulées par terre ?

– On est allées à Cox, a répondu Laurette. Et on a plongé dans un champ de boue.

– Cox ? C'est dans les environs, ça ? Un champ de boue ? Qu'est-ce que vous me racontez ?

– Cox, c'est en Haute-Garonne, a claironné Denis qui n'a décidément aucun humour.

Gilles et Florian se sont esclaffés. Tous les trois avaient l'air en pleine forme.

– En attendant, Manon n'a pas fait son gâteau du jour, a repris Grand-mère. Aussi je ne me suis pas cassé la tête, j'ai servi des fruits frais. Vous voulez une mandarine avant d'aller prendre une douche ?

– Une mandarine ? a dit Sophie, les yeux brillants. Oui ! Oui !

Une belle coïncidence.

Après avoir pris une bonne douche, nous avons avalé le lapin à la moutarde que Grand-mère avait fait réchauffer.

– Je montrais justement les croquis que j'ai dessinés sur la place, a dit Oncle Richard.

– Giga ! Giga ! s'est exclamée Laurette. Vous nous dessinerez aussi, Sophie et moi, s'il vous plaît ?

– Nous d'abord ! ont hurlé les trois petits cochons.

– Attendez, je croule sous les propositions, a dit Oncle Richard en riant.

Avant de grimper au deuxième étage, j'ai préparé quatre bons bols de piquette bien sucrée (j'ai même ajouté de la cannelle et je l'ai fait chauffer une minute au micro-ondes) que j'ai apportés à mes amies sur un plateau. Le dortoir était doux et accueillant. J'ai vite enfilé ma chemise de nuit, mes grosses chaussettes en laine et une fois sous les couvertures, j'ai siroté mon vin chaud.

– Il y avait des mandarines, ai-je dit. Oncle Richard est peut-être allé en manger une au Château d'En-Bas.

– Peut-être qu'il fume la pipe mais que la Grand-mère-dragon déteste ça, a suggéré Alexis.

– Et vous pensez qu'il passe des heures à ramper dans la boue ? a ricané Sophie.

– Il y a sûrement un raccourci, a dit Laurette.

J'ai éteint le plafonnier et nous avons écouté en silence la tempête hurler dans les arbres et courir la campagne.

– Et si on cherchait la solution de l'énigme ? a proposé Alexis qui avait toujours l'esprit en ébullition. Pensez à un objet sphérique. Hé, vous m'entendez ? Oh, elles font semblant de dormir !

JE N'AVAIS PAS PLUS TÔT OUVERT
L'ŒIL QUE LA VOIX DÉCIDÉE,
POUR NE PAS DIRE AUTORITAIRE
D'ALEXIS, SONNAIT LE CLAIRON.

– Debout, espèces d'amibes! Creusez-vous la cervelle. Qu'est-ce que c'est, la bloquette, la trime, le pot, la pyramide et la poursuite?

– Des monuments égyptiens! a répondu Sophie d'une voix endormie.

– Très malin. Et «je roule pour vous»? Il s'agit d'un objet usuel, l'oncle nous l'a dit. Il essaie de nous mettre sur la voie. Pensez à une sphère...

– Une mandarine! ai-je répondu.

– Ah, je n'en tirerai rien. Voyons, une boulette de pain... trop mou. Un anneau de serviette... trop grand. Un taille-crayon-mappemonde...

Je ris de son obstination en passant ma robe de chambre en pilou. Mon humeur était splendide. Pas de nez qui coulait, pas de fièvre, pas de gorge irritée, juste les jambes qui tiraient mais l'esprit alerte et intrépide. Quand je me suis regardée dans la glace pour compter mes boutons, j'ai constaté que j'avais des cernes et un bleu à la tempe. Blessures de guerre. Ce jour-là, je sentais bien que je n'aurais pas le temps de fabriquer mes tuiles aux amandes.

Ce matin, Florian ne faisait que des bêtises, ce qui agaçait beaucoup les cousins. Il a lâché ses tartines et, en allant au petit coin, a marché sur son camion électrique qui l'a entraîné un mètre plus loin et s'est cassé la figure.

Alexis répertoriait du regard tout ce qui était sur la table et dans la pièce. Je la devinais en train d'éliminer mentalement le beurrier, le sucrier, les morceaux de sucre, les petites cuillères et le reste tandis que Sophie, Laurette et moi mangions nos tartines sans arrière-pensées.

A notre retour au dortoir, elle nous a sermonnées :

– Réveillez-vous, bande d'emplâtres ! Un objet rond et qui roule !

– Arrête de jouer au chef, a dit Sophie. Tu ressembles aux affreux cousins. J'ai bien cru qu'ils allaient battre Florian lorsqu'il a roulé sur son camion.

Alexis a pris une inspiration profonde.

– Rouler ? a-t-elle murmuré. Réfléchis bien, Manon. Le vieux comte a offert des cadeaux à ton père. Est-ce qu'il t'a offert des jouets ?

– Quelques-uns, oui. Il regrettait de ne pas avoir eu de fille, il m'aimait bien. Des poupées, des albums à colorier, des...

Les souvenirs tourbillonnaient autour de moi. Et un s'est arrêté, plus précieux que les autres.

– Je roule pour vous ? ai-je répété.

J'ai grimpé en vitesse au grenier, en perdant une pantoufle, dans ma hâte. Le coffret à jouets, le mien, était caché derrière le rideau. Les toiles d'Oncle Richard avaient disparu. Peu importe, la boîte à laquelle je songeais dormait au fond du coffre, démantibulée, et sur le papier à moitié arraché, on lisait en grosses lettres vertes : A LA BLOQUETTE.

– Une bille ! se sont exclamées mes amies lorsque j'ai glissé mon trésor entre les mains d'Alexis.

Mon amie l'a fait tourner sur deux doigts, ma bille d'agate verte striée de bleu qui ressemblait à une petite planète.

– La bloquette, la trime, le pot, le triangle, la pyramide, la poursuite... ce sont des jeux de billes, ai-je expliqué. Je ne connaissais que la bloquette. Un des rares jeux où je battais toujours mes cousins.

– Tu es formidable ! s'est écriée Alexis en me sautant au cou. Formidable ! Vite, on se prépare pour l'exploration !

J'ai enfilé trois Damart les uns sur les autres, mon vieux jean sale, un pull-over troué aux manches et, faute de mieux, mes baskets sur deux paires de chaussettes. Mais dans le

hangar aux vélos, j'ai repéré les bottes de Grand-père, près des fagots d'allume-feu, et je les ai troquées contre mes baskets. Bien que trop grandes, elles me protégeraient.

Grand-mère a un peu rechigné avant de nous donner notre pique-nique et elle nous a regardées nous éloigner à vélo en criant :

– Pas de bêtises, hein, les filles ! Et attention à la boue !

Après un petit tour au village, nous sommes revenues par le bois – à distance respectable de la forêt. Les vélos ont été cachés dans un fourré, comme la veille et nous avons guetté l'infirmière. Elle est arrivée à l'heure juste. C'était bon. Grand-mère serait prisonnière un bout de temps. Hop, nous avons jailli près du puits en rasant l'herbe.

Au moment de s'engager dans les galeries bourbeuses, Alexis a sorti sa corde.

– Surtout, ne nous attache pas ! a protesté Sophie. Quand Manon trébuche, elle m'entraîne.

– Je ne trébucherai pas ! ai-je rétorqué d'un ton rogue. D'ailleurs, j'ai apporté une lampe électrique.

– Moi aussi ! a claironné Sophie.

– Pas moi, a dit Laurette. Je tiendrai Sophie par les épaules. Ça me rassurera dans l'obscurité. (Enfin une qui avouait avoir peur du noir !)

L'équipée a commencé à avancer d'un pas plus sûr. Ça me réjouissait de balader ma lampe dans tous les recoins, d'éclairer l'endroit où je posais les pieds, sans avoir à demander à Alexis. Les détails entrevus la veille me passionnaient.

– Regardez cette grille en fer! me suis-je écriée à un tournant de la galerie. Qu'y a-t-il derrière?

– Un puits carré, tout en pierres! a dit Alexis.

– Une goutte d'eau tombe régulièrement de là-haut! a remarqué Sophie.

– Je parie qu'au Moyen Age, les seigneurs torturaient les sorcières dans ces souterrains, a dit Laurette. Le supplice de la goutte… il paraît que c'est pire que tout!

Une corde pendait d'un orifice, creusé dans le plafond, ce qui a beaucoup intrigué Alexis. Sophie et moi, nous avons failli la ligoter pour l'empêcher de grimper. « N'allez pas plus loin, imprudents mortels qui vous aventuraient en ces lieux, signalait une inscription à la bombe verte sur un mur. Danger de mort! »

– C'est quand même pas l'oncle de Manon qui s'amuse à écrire des graffiti! a dit Sophie.

– Les conspirateurs ont toujours comploté dans les souterrains, a murmuré Laurette. Pendant la Révolution, les coupeurs de têtes ont cherché Luis XVI dans les carrières du Val de Grâce.

– C'est Louis, pas Luis, ai-je cru bon de rectifier.

– Oh, je sais! Mais je l'appelle Luis, c'est plus gentil.

– On risque d'avoir une mauvaise surprise, après la deuxième porte, a dit Alexis. Et s'il y avait des égouts encore plus moches?

– Non, c'est plus beau, a dit Laurette à mi-voix, comme un secret. Je le sais.

La bille d'agate s'est incrustée parfaitement dans le creux sphérique et la porte s'est ouverte. Là, le décor a changé. Plus d'égouts, plus de dédales bourbeux. Nos lampes ont éclairé une somptueuse salle à manger. Pas de paillasson pour s'essuyer les pieds? Quel oubli! Nos chaussures ont souillé les beaux tapis d'Orient et nous avons avancé pas à pas, avec une sorte de respect, découvrant les murs tendus de vert émeraude, les bibelots précieux, les meubles patinés. Sophie s'est heurtée à un lustre bleu et rose, décoré de friandises, comme une pièce montée. Malheureusement, les plafonds étaient bas, seule différence avec les pièces du Château d'En-Haut.

– Regardez! ai-je dit en désignant un portrait, sur le mur, entre deux paysages de forêt. Sans doute un ancêtre du comte! Il lui ressemble, même bouche, mêmes sourcils, même air débonnaire… Quel dommage qu'on n'ait marqué ni le nom ni la date…

– Il y a un portrait de sa femme en plus petit! s'est écriée Sophie. Elle n'a pas l'air commode!

– Encore des cendriers pleins de mégots, a dit Laurette.

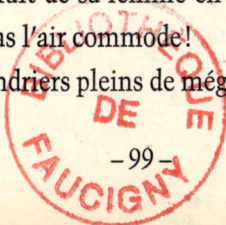

– Sacré Oncle Richard! me suis-je exclamée. Je savais qu'il avait ses petits secrets mais...

Alexis s'est saisie d'un flambeau, posé sur une table en marbre, et a allumé les bougies.

– Voilà. C'est plus dans l'ambiance.

Moi aussi j'avais ma provision de cierges et j'en ai distribué à Sophie et à Laurette, qui n'arrêtait pas de dire : « Giga! Giga! » D'un pas lent et majestueux, nous avons visité l'appartement comme de gentes dames inspectant leur domaine. Au salon vert émeraude succédaient un fumoir, une salle de billard, des boudoirs où étaient exposées des collections de porcelaines. Toutes les pièces étaient équipées de cendriers remplis à ras bord, et des journaux récents traînaient sur les fauteuils. De temps à autre, un tableau d'ancêtre imposait sa présence, sans nom, sans date, sans explication. De sacrés gaillards, ces comtes, tous robustes, chevelus, ventrus à souhait, le regard pétillant et le teint rougeaud, à l'image du vieux comte Marcel. Peut-être avaient-ils meublé et décoré leur salon d'En-Bas avec leurs objets préférés.

– Oh, non! Encore une porte! a gémi Alexis. On est fichues.

J'ai attrapé son bras et l'ai serré. En face, quatre filles comme nous, mais coupées en morceaux, nous examinaient, les bras levés, la bouche ouverte, comme si elles jouaient aux poses. La porte, plus large et plus imposante que les autres, était tout incrustée de petits miroirs. Où se dissimulait l'énigme? Laurette l'a discernée dans un interstice à peine visible:

Laisse-moi réfléchir
Et tais-toi.
Mais aide-moi
De tes lueurs.

– Ça réfléchit forcément, un miroir, a dit Sophie.

– Il faut lui faire réfléchir quelque chose de spécial, ai-je ajouté.

– Vous croyez que ça suffit, nos têtes? a demandé Laurette d'un air fripon.

– Non, il faut un objet lumineux, a dit Alexis avec une assurance qui m'a abasourdie. Aide-moi de tes lueurs.

– Ça ne marchera jamais, ai-je dit. La lumière n'a jamais ouvert de porte.

Alexis a braqué sa lampe-torche sur la porte et l'a dirigée lentement sur chaque facette de miroir.

– Grosse erreur, a-t-elle rectifié. La lumière peut ouvrir les portes grâce à un système électronique très simple. Certains fragments de miroir ont des photocellules, c'est-à-dire des composants électroniques sensibles à la lumière. Si on les bombarde de photons, le mécanisme de la porte se déclenche.

Laurette et moi avons ricané ouvertement de ce cours magistral.

– Tu as appris ces informations dans les Services secrets ou en jouant aux jeux vidéo ? a demandé Sophie.

– Je ne révèle pas mes sources. Chut, ne me déconcentrez pas. Je dois éclairer chaque facette un minimum de temps.

Laurette a poussé un petit cri stupéfait. La porte venait de s'ouvrir.

Ce qui m'a frappée en premier, c'est la figure d'ogre bienveillant du comte Marcel, bien rouge dans son cadre doré, sur le mur saumon. Sa pièce avait été aménagée en salle de jeux avec une table de bridge, quatre chaises, une table ronde recouverte d'une longue nappe, et quelques étagères. Deux nouvelles portes nous séparaient de mondes encore inconnus. Laurette s'est élancée pour lire les énigmes.

Alexis a soulevé la nappe pour vérifier si quelqu'un ne se cachait pas dessous. Personne. Ouf ! Et elle a consulté la boussole.

– Toujours le nord-ouest, c'est bien ce que je pensais. On doit être sous la forêt, maintenant. On contourne vraiment le village.

Une bouteille de Xérès bien entamée occupait la place d'honneur sur un bar roulant. Sophie a flairé le contenu et fait la grimace.

– Il doit improviser de petites fêtes, ton oncle. Il joue à des jeux de société. Pas tout seul. Il partage son secret avec d'autres.

J'apercevais une collection de jeux, sur les étagères, Trivial Poursuit, Monopoly, Mah Jong, Pictograf, Master Mind, échecs etc... Pas de doute, Oncle Richard, qui adorait les jeux, était bien le visiteur mystérieux. Et il avait dû inviter d'autres personnes. Au moins un ou une.

– Pourquoi ne pas me l'avoir dit? ai-je demandé piteusement. Je croyais qu'il était mon ami. Que j'aurais été contente qu'il m'emmène lui-même dans les souterrains...

– Ne le juge pas trop vite, m'a dit Sophie. Il doit avoir une raison.

– Une raison? Quelle blague! Non, il s'en fiche! Il ne m'aime pas. Et d'ailleurs je ne l'aime plus, non, plus du tout!

– Il fait peut-être semblant de jouer avec des invités alors qu'il est seul, a dit Laurette. (Je l'imaginais très bien faire ça, elle.)

– On ne peut pas aller plus loin, a dit Alexis. On ne réussira pas à ouvrir ces deux portes. Vous avez vu ce qui est gravé dans le bois de celle-ci? Trois signes: un triangle, un cube et un tout petit alphabet.

– Du nouveau, a dit Sophie.

– Et celle-ci! a continué Alexis. Encore plus palpitant. Il y a six signes: un losange, un triangle, une sphère, un cube, un fragment de miroir et le tout petit alphabet.

– Voyons l'énigme, a dit Laurette.

Trois clefs à chaque bout
Donnent six en tout
Si vous voulez continuer,
Joignez vite les deux bouts.

– Je crois comprendre, a dit Sophie. Nous avons seulement parcouru la moitié du chemin. Trois clefs nous suffisaient. Pour la deuxième moitié, il en faut trois autres.

– Nous sommes coincées, a constaté Alexis, découragée pour la première fois. Plus de doute, maintenant, il y a une autre entrée sous le Château d'En-Haut. Et peut-être les nouvelles clefs ne se trouvent-elles que là-bas.

– Et si nous pique-niquions ? ai-je proposé. Je meurs de faim, moi.

J'ai couvert les chaises de papier journal pour ne pas les salir et nous nous sommes installées pour manger nos sandwichs au jambon, nos quiches et nos cubes de fromage fondu.

Je débouchai le Thermos de chicorée au lait quand, de l'autre côté de la porte aux six clefs, j'ai entendu fredonner une voix familière :

C'est la bête malibête
Qui a la peau du dos sur la tête
Et la queue en relevette
Une corne toute tordue
Si tu entres, tu es perdu.

Sans se consulter, on s'est réfugiées toutes les quatre sous la table, derrière la longue nappe.

AVEC UN GRINCEMENT SINISTRE, COMME UN BRUIT DE RESSORTS RÉCALCITRANTS, LA PORTE S'EST OUVERTE ET GILLES, DENIS et mon frère Florian, les trois petits cochons, sont entrés.

– Ils s'embêtent pas, dans les souterrains! Une salle de jeux... Oh, si on faisait une partie de Trivial Poursuit?

– Non, Denis! On continue. Notre exploration a un but scientifique.

– Je veux du pain d'épices! Je suis fatigué!

– Tu en auras à la maison. Tu es un héros, maintenant, ne l'oublie pas. Eh, Denis, tu as vu les signes sur cette porte? Et sur celle-ci?

– Oh, la poisse! Foutu, on peut plus avancer! On n'a que le triangle, le dé et le mot.

Sous la table, les filles et moi, on a échangé un coup d'œil accablé. Ces cousins grotesques qu'on avait tenus dans le plus vif mépris, possédaient les clefs qui nous manquaient. Voilà qui éclairait l'énigme de la porte aux six signes. Pour aller plus loin, nous devions nous réconcilier.

– On enterre la hache de guerre? a chuchoté Sophie.

Alexis a tapé sa tempe du doigt pour lui exprimer le fond de sa pensée. Pour une fois, je n'étais pas d'accord avec elle. Laurette a esquissé le geste de se lever en proposant à mi-voix:

– Alors, on jaillit?

Sûr et certain, ils en tomberaient à la renverse. Mais il fallait y aller doucement. Sophie et Alexis se sont relevées et, de la tête, ont soulevé la table qui était ultralégère. J'ai cru entendre la chute d'un corps. Non, juste deux cris. C'étaient Florian et Denis, les plus fragiles. Avant que Gilles ne tire la nappe – ce que j'aurais fait à sa place – nous avions surgi au milieu de la pièce.

– La frangine! a piaillé Florian.

– Oh non, pas ça, par pitié! a gémi Denis en se prenant la tête. Pas elles!

– C'est bien ce que je pensais, a dit Gilles qui consultait une boussole, sans se départir de son calme. Il y avait une entrée sous la maison.

– Et une sous le château, a ajouté Sophie.

Alors, nous nous sommes tous mis à parler en même temps, nous bombardant de questions:

– Où est l'entrée?

– Il y a longtemps que vous explorez?

– Qu'est-ce que vous avez trouvé?

– Qui habite ici ?

– C'est vous qui laissez vos mégots ?

Quand nous nous sommes un peu calmés, les garçons, qui étaient très fiers d'eux, ont commencé à raconter qu'ils avaient déniché une carte ancienne, à la bibliothèque et qu'en recoupant avec d'autres enquêtes qu'ils ne tenaient pas à révéler (!) toutes leurs pistes conduisaient au Château d'En-Haut.

Je n'ai pu m'empêcher de rire, et mes amies avec moi.

– Frimeurs ! me suis-je exclamée. Cette carte, vous l'avez trouvée dans une malle noire, pleine de lettres, au grenier…

– Pourquoi, vous la connaissez ? a dit Gilles qui a pâli. Ne dites pas que c'est…

– Nous qui l'avons imaginée, oui ! ai-je dit d'un ton de triomphe.

– Je te l'avais bien dit ! s'est exclamé Denis. Les points cardinaux étaient faux. Elles avaient indiqué le sud-est alors qu'on était au nord-ouest !

– Eh bien, bravo ! a dit Gilles, ravalant sa honte. Vous nous avez donné la piste pour trouver le souterrain. Il y a le Bosquet aux Trois Chênes en face de la maison, d'accord, mais aussi au Château d'En-Haut, tu as oublié, Manon ? C'était notre endroit préféré, quand nous jouions ensemble.

Mon dieu, c'était vrai! Je me serais tapé la tête contre une poutre. En plus, c'était moi, bien entendu, qui avais imposé le nom du Bosquet aux Trois Chênes, en oubliant qu'il y en avait deux. Celui qui est en face de la maison et celui de notre terrain de jeux, au Château d'En-Haut. Nous avions construit notre cabane entre les branches du chêne du milieu.

– Les comtes aussi devaient aimer cet endroit, à notre âge, a poursuivi Gilles, presque amical. (Il a vraiment de beaux yeux quand il ne se prend pas trop au sérieux.) Tu te rappelles l'éboulis de roches, derrière les chênes? On n'a jamais pensé à le déblayer. L'entrée se trouvait en dessous.

– Et où était l'entrée de votre souterrain? a demandé Denis.

– Au fond du vieux puits, dans l'arrière-cour, a répondu Alexis.

– On ne croyait pas que vous aviez trouvé quelque chose d'intéressant, a avoué Gilles. Mais quand on vous a vues revenir couvertes de boue…

– On a cru que vous prépariez une opération survie dans les marécages de l'Amazonie, a pouffé Denis.

– Parce que vous n'avez pas eu à marcher à quatre pattes, à ramper dans l'eau sale? a interrogé Sophie.

– Pas du tout. On a traversé de somptueux appartements, comme au château, a déclaré Gilles qui avait repris ses airs supérieurs! On a même passé toute une journée à s'amuser dans un gymnase.

– Y avait même des bonbons sur les tables, a piaillé mon frère.

– Alors, vous avez moins de mérite que nous… a jeté Alexis.

– Dites, si on explorait ensemble les dernières pièces ? a proposé Gilles. Vous avez les clefs qui nous manquent et vice-versa.

– Bien entendu, a commencé Sophie.

Mais Alexis l'a coupée :

– Jamais de la vie ! Depuis le premier jour, vous vous moquez de nous et vous nous traitez de tous les noms. Alors vous pouvez toujours courir…

Par solidarité, j'ai approuvé bruyamment :

– Ah non alors ! On n'est pas des collabos !

Les beaux yeux de Gilles ont louché.

– Idiotes, ces filles. Tant pis. Et vous ne voulez pas non plus qu'on explore votre côté ? Vous pouvez explorer le nôtre, on n'a pas encore déposé d'acte de propriété.

– Merci, a décrété Alexis d'un ton sec. On se passe très bien de vous. Bon, on repart, les filles.

La surprise me clouait le bec et d'après leurs têtes, Sophie et Laurette aussi. Comment réagir ? On n'allait quand même pas s'allier avec Gilles contre Alexis. On a donc tourné le dos aux trois garçons, pétrifiés sur place, pour suivre notre coléreuse amie le long de notre souterrain. Elle fulminait, remontée à bloc :

– Attardés ! Tarés ! Abrutis !

– Alexis, ai-je tenté, tu ne crois pas que ça aurait été plus drôle de…

– NON !

Les garçons sont arrivés avant nous et je me rappellerai longtemps leur air goguenard en nous voyant nous glisser vers la salle de bains pour prendre une douche. Oncle Richard n'assistait pas au dîner, comme je m'y attendais. J'imaginais le scénario : il devait faire tous les jours un tour au Château-d'En-Bas, repérer nos traces et s'amuser à semer des indices… C'était sûrement lui qui nous avait mises sur la piste du bouton de manchette.

Bien étrange repas. Grand-mère avait préparé un civet de biche. Sophie a refusé d'en manger.

– Vous n'avez pas de purée-jambon ? a-t-elle demandé à Grand-mère.

Le clan des filles lançait des phrases en l'air, sans regarder les garçons, tandis que celui des garçons poursuivait une discussion qui ne concernait qu'eux. Mais au fond, un dialogue serré, une lutte frénétique s'engageait entre les deux clans.

– Tiens, Oncle Richard n'est pas là, ai-je lancé d'un ton détaché.

– Pas étonnant, a dit Alexis. Il est occupé.

– Il est là où vous croyez ? a demandé Laurette.

– Il joue au jeu de piste ! a répliqué Sophie.

– Dis, Manon, a dit Laurette, tu es bien la nièce préférée de ton oncle ?

– Certes. La concurrence n'est pas à la hauteur.

– Alors, il t'accorde tout ?

– Si je le demande, oui. Il me fait entrer là où il veut quand il veut.

Sur quoi les garçons ont pris la relève.

Gilles :

– J'ai trouvé trois nouvelles clefs.

Denis :

– A quel endroit ?

Gilles :

– L'endroit habituel.

Florian :

– Quelles clefs ? Je croyais qu'il en restait plus… hompf ! (Denis l'avait de nouveau bâillonné avec sa serviette.)

Grand-mère a posé si brusquement le plateau de fromage sur le repose-plat qu'il s'est ébréché.

– Qu'est-ce que vous me racontez ? Vous êtes folles ou quoi ? Vous revenez tous de Cox ? Et toi, Manon, tu prends tes aises, maintenant, plus de gâteau. C'est Grand-mère qui se tape tout le boulot…

– Aucune importance, Grand-mère, ai-je répliqué avec une assurance dont je ne me serais jamais crue capable, tu critiques toujours mes gâteaux.

– N'importe quoi ! a vociféré Grand-mère. Tu fais des gâteaux… mangeables. C'est déjà ça.

Le regard de Grand-père m'a frappée. Vif et malin, il suivait la discussion. Tout à coup j'ai compris ce qui me tracassait depuis que j'avais vu le tableau d'Oncle Richard. Il ne représentait pas Grand-père avant son accident mais tel qu'il était aujourd'hui avec ses cheveux blancs, son visage marqué. Mais le plus étonnant, c'était son expression d'intelligence, comme en ce moment. A croire qu'il n'était pas malade.

– Tu exagères, Alexis! a affirmé Sophie en montant sur son lit. On aurait dû s'allier avec les garçons. Il n'y a pas d'autre moyen.

– Comme le dit l'énigme, a dit Laurette. Joignez vite les deux bouts. Les filles et les garçons doivent s'entendre! C'est la Porte de la Réconciliation.

– Le Mur de la Honte, oui, a marmotté Alexis en regardant la cloison qui nous séparait des garçons, comme si elle voulait la brûler. Il y a un autre moyen. Leur chiper les clefs. Un triangle, sans doute un bouton de manchette, un dé et un mot.

– Tu crois qu'ils n'ont pas eu la même idée? ai-je lancé.

– Chut, ils nous écoutent! a murmuré Sophie.

– Qu'est-ce que tu en sais? ai-je demandé.

– Ils se taisent. D'habitude, on entend leur boucan.

– Bof, a repris Alexis. Quand ils sont partis explorer la forêt, la première nuit, il n'y avait pas de bruit chez eux et on n'a rien remarqué.

– Evidemment, on fait du boucan, nous aussi, a dit Laurette.

– Où as-tu planqué le bouton de manchette et la bille? ai-je demandé à Alexis.

– Sous mon oreiller. Celui qui y touche est un homme mort!

– Moi, j'ai mieux, ai-je dit.

J'ai placé deux chaises de chaque côté de la porte et attaché la grosse corde de part et d'autre.

– Ils vont se fracturer le crâne! a dit Sophie.

– Et tu auras un procès sur les bras, a ajouté Alexis. (Ai-je précisé qu'elle veut devenir juge?)

On a éteint les lumières et on n'a pas pipé mot, exactement comme si on dormait.

L'attente n'a pas duré long-temps. La porte, qu'on n'avait pas fermée, exprès, s'est ouverte et quelqu'un est venu s'écrabouiller tête la première sur mon lit qui est le premier en entrant. Je lui ai asséné un coup de poing sur la tête, pour l'achever. Avec un ensemble parfait, on a allumé les lumières, en criant : « Surprise ! » comme dans les feuilletons américains, quand tous les amis attendent le dernier invité dont c'est l'anni-versaire, dans le noir. C'était Denis. Déchaînées, on s'est préci-pitées pour le ligoter mais la fourmi gigotait tant et si bien qu'on n'a pu que lui faire des chatouilles, ce qu'il a en horreur.

Une heure plus tard, quand Alexis a essayé de pénétrer dans leur chambre... elle était fermée à clef.

– La honte ! s'est-elle écriée en vidant à fond ses poumons. On va être obligées de collaborer !

– Wahou ! Wahou ! ont hurlé ces mecs infects qui nous espion-naient derrière la cloison. Loué sois-tu, Grand Esprit des Souterrains !

COMME L'ATMOSPHÈRE ÉTAIT LÉGÈRE, CE MATIN, AU PETIT DÉJEUNER! J'OSERAIS MÊME dire printanière car le soleil entrait dans la salle à manger... pour un peu, on aurait entendu pépier les oiseaux. Bien évidemment, nous, les filles, n'avons rien dit aux garçons qui ne nous ont rien dit non plus. J'ai embrassé Grand-père très affectueusement avant de partir et fait un clin d'œil à Oncle Richard.

C'est Grand-mère qui a été bien étonnée que je lui demande un pique-nique pour sept personnes! Et sous ses yeux ébahis, les deux gangs ennemis se sont éloignés ensemble vers le village, à vélo.

Normalement, il aurait dû y avoir une lutte entre les deux chefs, Alexis et Gilles, mais il s'est produit autre chose. Une sorte de mystérieux instinct animal a guidé notre groupe, comme il arrive chez les fourmis, pensai-je en observant mon

cousin à tête ronde. Ça ne signifiait pas la paix. Nous nous observions du coin de l'œil, comme au petit déjeuner. Gilles feignait un air indifférent qui n'était pas dépourvu de charme.

Sans qu'une parole ait été prononcée, nous avons jeté nos vélos dans le fossé, près d'une clôture que nous avons enjambée. Le Bosquet aux Trois Chênes se trouvait à une vingtaine de pas. Il n'avait pas changé depuis le temps où mes cousins et moi, nous jouions à celui qui grimpait aux arbres le plus vite et le plus haut. A côté d'un tas de cailloux et de gravats, nous sommes tombés sur un trou béant ou plutôt un puits, l'entrée du souterrain. Des échelons irréguliers descendaient tout le long. Poser le pied dessus serait bien plus commode que de brinquebaler dans un seau pourri.

Les garçons sont passés les premiers, pour bien marquer qu'ils étaient les maîtres et nous, les filles, sommes descendues à notre tour, tout aussi agiles qu'eux. Toutes ces heures de supplice que j'avais vécues me permettaient aujourd'hui de paraître intrépide! Alexis avait raison, les cousins n'avaient aucun mérite. Des salons aux tentures chamarrées, des boudoirs pleins de mystère, des fumoirs orientaux se succédaient,

tous somptueux et ornés des inévitables portraits d'ancêtres. Leur chemin, c'était du gâteau à côté du nôtre, sinon mon frère, qui se plaint tout le temps, n'aurait pas pu trotter derrière eux. Avant d'entrer dans chacune des pièces, Gilles nous faisait la réclame, comme un vendeur de brosses à dents.

– Tu connais l'itinéraire par cœur? lui a demandé Sophie.

Gilles a tiré de sa poche une liasse de feuilles qu'il a dépliées: c'était le plan détaillé du Château d'En-Bas, du moins la partie explorée par les garçons, avec indication de portes, d'objets importants, de portraits... Les énigmes avaient été transcrites sur une autre feuille.

– Rentré à Aulnay, a-t-il dit, je la recopierai au propre et je la rangerai dans mon classeur d'explorations.

– Beau boulot! s'est exclamée Sophie.

– Nous aussi, nous avions pensé à faire ça, a dit Alexis (ce n'était pas vrai).

– Tu ne sais pas la meilleure? a dit Denis en s'adressant à Laurette. Nous avons réussi notre expédition parce que le Grand Esprit des Souterrains nous a aidés.

– Oui, il nous protège, a renchéri Gilles. Il nous voit. Quelquefois, il se manifeste. On l'entend respirer. Écoute.

– Arrêtez de me charrier, a dit Laurette en détournant la tête. Vous êtes vraiment des tarés. Ça crève les yeux qu'il y a un fantôme, ici, un Poltergeist…

Sa main s'agitait à l'intérieur de la poche de son jean qui formait une grosse bosse. J'aurais juré qu'elle agrippait son pendule. Elle ne l'utilisait plus ouvertement depuis qu'Alexis s'était fâchée contre elle. Dommage.

Mon ventre criait famine quand nous sommes arrivés dans un gymnase un peu plus haut de plafond et « vachement sympa » selon Alexis. La récréation a été déclarée. J'ai ouvert le sac en plastique du pique-nique. Grand-mère s'était montrée généreuse, pâté de foie de canard, frites bien grasses comme je les aime, blancs de poulet accompagnés d'un demi-litre de mayonnaise, excellent cake fabrication maison, orangeade et deux Thermos de chicorée au lait.

Laurette s'était approchée de la barre fixe. Elle nous tournait le dos. Je parie qu'elle observait les balancements de son pendule. Alexis a tourné autour de la pièce. Elle a tâté les cordes lisses, un peu courtes, inspecté le trapèze et les deux balançoires, bourré de coups de poing le cheval-d'arçons. Son blanc de poulet terminé, elle s'est élancée sur le trapèze et a fait la grenouille et le cochon pendu, ce qui m'a terrifiée. Et si le plafond s'écroulait ? Nous serions enterrées vivantes ! (Je ne pensais même pas aux garçons !)

– Pas mal, le matos, a-t-elle décrété après avoir rebondi sur le tapis de mousse.

– On se demandait ce que vous fabriquiez de si mystérieux, a dit Sophie à Gilles. J'ai même cru que vous posiez des pièges dans la forêt.

– Pas de danger, a répliqué Gilles qui la lorgnait d'un air intéressé. J'adore les animaux, pas vrai le frère ? On allait les observer, la nuit. C'est dangereux. La première nuit, quand on vous a un peu chahutées, on a failli être chargés par une mère sanglier !

– C'est vrai, tu adores les animaux ?

– Tiens ! Tu sais que je veux devenir véto ?

– TU VEUX DEVENIR VÉTO ?

– Ne te laisse pas entortiller, Sophie ! me suis-je écriée. Il tirait à la fronde sur les oiseaux, quand il était petit, avec son frère. Je les ai vus !

– Arrête de me casser la baraque ! m'a jeté Gilles, furieux.

Et il a continué à la baratiner comme si je n'existais pas.

– Manon ! Alexis ! Venez ! appelait Laurette.

Debout sur une des balançoires, elle se balançait, la tête

renversée. Alexis et moi, nous sommes montées sur l'autre balançoire et pendant un moment, j'ai oublié mon trop beau cousin.

Quand nous avons atteint la Porte de la Réconciliation, il y a eu un silence. Pendant un moment, nous ne savions que faire. Puis les deux chefs se sont consultés du regard. Alexis a introduit la première clef, le bouton de manchette en forme de losange et Gilles le bouton de manchette triangulaire. Ensuite, Sophie a glissé la bille et Denis le dé. Gilles a fait remarquer qu'il n'était pas logique que les filles aient la bille et les garçons le dé, propos que nous les filles avons accueilli par des ricanements. Laurette a éclairé le fragment de miroir avec une lampe. Mon frère a tendu le bras pour taper un mot, sur l'alphabet, qu'il répétait pour ne pas l'oublier: AVEN-TURE. Rien à faire, il était trop petit. Ravie de l'aubaine, j'ai touché de l'index toutes les lettres du mot AVENTURE. Et la magie a opéré. Le ressort du mécanisme a grincé et la porte a glissé sur ses gonds. Alexis a braqué sa lampe-torche. Et j'ai poussé un cri.

Je m'attendais à voir Oncle Richard ou même le comte Hector, tout plutôt que ce qui m'attendait. En face de moi, il y avait une pièce très simple aux murs jaune tabac et à la moquette de coco bordeaux, illuminée de bougies. Les murs étaient décorés de portraits d'ancêtres mais pas de ceux des comtes, non. Des ancêtres de notre famille. Le portrait du grand-père et de la grand-mère paternels, que je n'ai pas connus, le même portrait de Grand-père que celui que j'avais surpris au grenier, celui d'Oncle Richard et, à ma grande surprise, un grand et beau portrait de moi, inspiré du croquis pris sur la place du village! Assis à son bureau, quelqu'un que je connaissais bien tapotait sur le clavier d'un énorme ordinateur.

Grand-père!

Il a levé sur nous ses yeux bleus pleins de malice qui vont bien avec sa fossette au menton et son nez en relevette.

– Eh bien, vous en avez mis du temps! a-t-il dit seulement.

Aucun d'entre nous n'a bougé, nous étions pétrifiés sur place, sauf Florian qui est venu le regarder sous le nez pour vérifier qu'il ne rêvait pas.

La surprise m'a fait bégayer:

– Mais Grand-père... tu... tu...

Comme pour répondre à la question qui n'arrivait pas à sortir de ma bouche, Grand-père s'est levé.

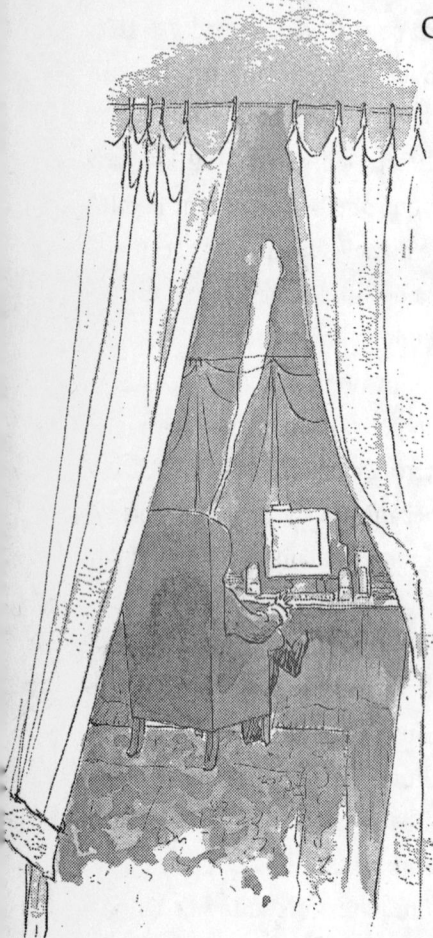

Il n'était pas très solide sur ses jambes mais il avançait. Il marchait! Il parlait! Grand-père était en bonne santé!

Il s'est installé près du bar à roulettes, dans la bergère jumelle de celle de Grand-mère, qui trône au salon. Notre surprise l'amusait beaucoup.

– Asseyez-vous là, mes enfants. Et ne faites pas cette tête. On dirait que vous voyez un revenant!

Nous nous sommes assis en cercle autour de lui. Laurette écarquillait démesurément les yeux et la poche de son jean tressautait. Le pendule devait passer un mauvais quart d'heure!

Et soudain, les questions ont fusé:

– Mais Grand-père, tu n'étais pas malade?

– Tu as joué la comédie?

– Il y a longtemps que tu connais le Château d'En-Bas?

– Pas tous en même temps. Si j'étais vraiment malade? Que oui. Après que j'ai pris ma retraite, Grand-mère et moi nous avons déménagé. Je n'ai pas supporté de ne plus travailler. J'étais sans but. Plus de vaste domaine à arpenter, de forêt, d'animaux à observer, de fleurs, d'arbres à planter. Et je n'avais même plus mon bureau dans cette maison trop petite. J'étais prisonnier.

Il n'a pas ajouté: «De Grand-mère qui me surveillait constamment, me disait ce qu'il fallait faire ou ne pas faire.» Nous le savions bien.

Mes yeux sont tombés sur un sous-verre un peu piqué qui

encadrait la photo noir et blanc d'une jeune fille rondelette et souriante, en robe plissée. Grand-mère trônait aussi sur son bureau.

Grand-père a sorti de son bar une bonne bouteille de jus d'orange et huit verres. Il avait le teint plus reposé, les joues plus roses. La joie de nous voir, de nous parler l'illuminait. Sans doute avait-il longtemps rêvé de ce moment; maintenant, il le savourait.

– J'ai eu mon attaque quelques mois plus tard. Elle m'a privé de l'usage de mes jambes et de la parole pendant un temps assez long.

Il a pris sa pipe et s'est mis à la fumer par petites goulées gourmandes. Ici, il ne se gênait pas.

– J'ai vécu comme un légume pendant environ trois ans. Mais j'avais un complice qui avait juré que je m'en sortirais : Richard, il veillait sur moi. Tous les jours, quand Grand-mère s'éloignait, il essayait de me réapprendre à parler, à faire fonctionner mes jambes. Tous les médecins avaient affirmé que la perte de ces fonctions était irréversible. Il ne l'a jamais cru. Il n'a jamais baissé les bras. En cachette, il m'apportait les journaux et mon petit pastis… si on croit que je vais renoncer aux plaisirs de la vie! Mais fumer à la maison, ça, je ne pouvais pas. Grand-mère l'aurait aussitôt senti.

– Pourquoi n'as-tu pas dit que tu étais guéri? a demandé Gilles. Pourquoi cette comédie?

– J'ai compris très vite les avantages qu'il y avait à être infirme. On me fichait la paix! D'ailleurs, je n'ai pas guéri tout d'un coup et suis-je vraiment guéri? C'est petit à petit que je me suis mis à revivre.

Laurette n'a pas bronché. Elle avait les larmes aux yeux. Son pendule avait eu raison, en fin de compte. Quelqu'un que l'on croyait mort était revenu à la vie.

– Et à ce moment-là, tu as déniché les souterrains? ai-je demandé.

– Non, je les connaissais déjà. J'y suis descendu tout à fait par hasard, quand je travaillais au château. A l'époque, il y avait des poignées aux portes et on n'avait pas besoin de boutons de manchettes, de billes ou de dés pour avancer.

Il s'est mis à rire d'un petit rire de gamin qui a joué un bon tour.

– Au cours d'une de mes pérégrinations, j'ai entendu marcher dans la pièce voisine. C'est là que j'ai découvert où disparaissait le comte, parfois des jours et des nuits. Ce qui ne plaisait pas à Grand-mère qui le traitait de noceur. Par la suite, c'est moi qu'elle a traité de je ne sais quoi parce que je faisais de petites fugues, comme ça, comme un gamin qui file se réfugier dans sa cabane. Le Comte Marcel a été ravi de me rencontrer dans son refuge. «Mon père ne m'a jamais parlé de ces souterrains, m'a-t-il dit. Je les ai trouvés tout seul. La règle du jeu est simple: Nous, les comtes, nous recevons le Château d'En-Haut en héritage. Mais pas le Château d'En-Bas. Il est à celui qui le découvre. Les souterrains sont bien assez vastes pour que plusieurs personnes puissent y goûter la tranquillité et vivre des aventures sans se gêner... »

Il a ajouté que selon lui, son fils ne connaissait pas l'existence de ces souterrains. Il n'avait plus l'esprit aventureux de l'enfance. Et pour bien sceller sa décision, il a fait installer ces serrures un peu spéciales et graver les énigmes. Il m'a donné les boutons de manchettes qui correspondaient aux deux premières clefs et qu'on trouve facilement au château comme à la maison. Les billes, le dé, la lumière et le mot demandent un peu d'astuce et de débrouillardise. Savez-vous que Richard connaissait les souterrains depuis qu'il était tout petit ? Brave fils !

– Quand y descends-tu, Grand-père ? ai-je demandé. La nuit ?

– Forcément, quand Grand-mère dort. Elle a le sommeil lourd et l'oreille dure. J'en profite. Ce sont mes instants de rébellion.

– Tu sais te servir d'un ordinateur ? a interrogé Gilles. Première nouvelle.

– C'est Richard qui m'a appris. J'adore ça. J'ai même un logiciel de dessin et un de mise en pages. Indispensables pour écrire un livre.

– Et qu'y a-t-il, dans ton livre ? ai-je réattaqué.

– L'histoire des lieux. Les documents ne manquent pas. Bien des comtes ont laissé des témoignages écrits. Sans compter ceux des condamnés à mort ou des révolutionnaires qui s'y cachaient...

– En fait, tu écris le *Livre d'Or du Château d'En-Bas*? ai-je dit.

– Quel beau titre, Manon! Je vais te le chiper, tu me permets?

Ses yeux bleus se sont voilés de tendresse. Il a toujours eu un faible pour moi.

– J'ai remarqué que les portraits d'ancêtres ne représentaient que des hommes, ai-je continué. Leurs femmes sont accrochées en dessous, toutes petites. Pourquoi?

– Elles ne font pas partie de la lignée, a expliqué Grand-père. Voyez-vous, il y a des malédictions dans certaines familles. Ces comtes n'ont jamais pu avoir de filles... Que des garçons. Quelle catastrophe!

– Il y a pire, a ajouté Gilles. Les familles qui ne peuvent pas avoir de garçons. Que des filles. Quel malheur!

Une clameur de protestations est montée du clan des filles et Sophie, qui était assise près du mâle dominant, a changé de place pour marquer sa désapprobation.

– Chut, les enfants, a dit Grand-père. Les malédictions ont une fin. Le nouveau comte a deux filles qui ont l'air dégourdies.

J'ai repensé à leur apparition, dans la salle de bal, en costume de cheval, à leurs cheveux extraordinairement blonds, à leurs yeux gris qui nous regardaient de haut. Oh, oui, elles étaient sûrement dégourdies et sûres d'elles, comme je ne le serai jamais.

– Et vous, les filles et les garçons, avez-vous scellé votre réconciliation en partageant vos clefs ? a repris Grand-père. Savez-vous ce que nous allons faire pour rendre ce moment encore plus solennel ?

– Le pacte du sang ! a crié Laurette, radieuse.

– Presque. Nous allons promettre de garder le secret et de nous engager à participer chacun au *Livre d'Or du Château d'En-Bas*.

– J'écrirai le carnet de notre découverte ! me suis-je écriée, folle de joie.

– Et moi, je dessinerai les cartes ! s'est exclamé Gilles. J'ai déjà les brouillons.

– J'inventerai de nouveaux tours de magie que je ne ferai qu'ici ! a hurlé Denis.

– Et moi, je peindrai mon portrait d'ancêtre ! a dit Florian en se resservant de jus d'orange.

Grand-père nous a tendu sa longue main osseuse, paume ouverte et, à tour de rôle, chacun d'entre nous a tapé dedans, sauf mon frère qui croyait qu'on jouait à la main chaude et qui a fichu la pagaille.

– Grand-père, il est presque vingt heures, a dit Gilles. Grand-mère doit se faire du mauvais sang.

– Oui, il est temps que je lui dise la vérité. Ça va être un choc.

– Tu vas lui parler des souterrains ? ai-je demandé.

– Je lui en parlerai, a-t-il répondu d'une voix très douce. Fini, le temps des cachotteries. Elle s'est toujours demandé où je disparaissais et elle s'est fait des idées. Maintenant, elle sera au courant.

Il s'est levé en posant la main sur mon épaule.

– Partez rejoindre Grand-mère, mes enfants. Elle doit s'inquiéter. Moi, je ne rentre pas par les égouts, comme vous. Il faudrait que je rampe et j'ai peu de goût pour ce genre d'exercice, à présent. Manon, tu vas me raccompagner à la maison. Je vais te montrer mon raccourci.

– Et à nous, tu ne le montres pas ? a protesté Denis.

– Vous ne croyez quand même pas que je vais vous le donner comme ça, tout rôti ? Mais Manon, c'est différent.

QU'ON N'ESPÈRE PAS QUE JE
RÉVÈLE OÙ SE SITUE L'ENTRÉE
DU RACCOURCI, IL S'AGIT D'UN
SECRET ENTRE GRAND-PÈRE
et moi. Quand nous sommes rentrés à la maison, Oncle Richard nous attendait dans le couloir, vêtu de son costume bleu, comme s'il était invité à une soirée.

– J'ai préparé un repas spécial, vous verrez! nous a-t-il annoncé.

– Comment va-t-elle? a demandé Grand-père.

– Grand-mère? a dit Oncle Richard. Quand elle s'est aperçue que tu avais disparu, elle a perdu la tête. Elle hurlait dans tous les coins, elle voulait appeler la police. J'ai dû lui avouer que tu remarchais.

Une nappe blanche remplaçait la toile cirée à fleurs de tous les jours et, clin d'œil au Château d'En-Bas, des bougies illuminaient la table d'une douce lumière de fête. Les assiettes débordaient de petites choses croquantes, pistaches, caca-huètes et d'entrées fondantes, boudins blancs, allumettes au fromage.

Grand-mère n'avait pas bougé de sa bergère. Ses mains ne tripotaient pas sa chaîne, elles reposaient sur la table. Ses yeux ne guettaient plus le moindre geste de travers, ils fixaient un point vague au fond de la pièce. Elle n'a pas fait le moindre mouvement quand Grand-père est entré.

– Elle est dans cet état depuis cet après-midi, a murmuré Oncle Richard.

Ça m'a rendue malade de la voir prostrée, sans vie, comme l'avait été Grand-père pendant des années... Pourvu qu'elle retrouve sa santé, qu'elle se remette à râler, à tonitruer... Un dragon, elle ? Bien facile à terrasser.

Grand-père s'est installé à côté d'elle, dans le fauteuil cra-paud. Son fauteuil roulant finirait bientôt dans le hangar, avec les balais-brosses. Quand mes amies, escortées des trois petits coch... des garçons nous ont rejoints autour de la table, il s'est redressé, a déplié sa serviette et a servi à boire à tout le monde. C'était le signal du festin. Oncle Richard a distribué des assiettes de tranches de jambon cru et cuit, de pâté de campagne et de mousses de foie de volaille. Grand-père riait, mangeait de bon appétit, plaisantait, s'intéressait à chacun, tout en jetant des coups d'œil à Grand-mère de temps à autre. Avec lui, je découvrai mes cousins. Sans rire, Gilles souhai-tait véritablement être vétérinaire. Et Denis adorait la photo, il avait pris quelques clichés intéressants au cours du séjour. Oncle Richard avait préparé du porc au caramel accompagné de riz Basmati aux raisins secs, un mélange sucré-salé qui m'a plu. Grand-père se régalait. Il buvait son verre de vin sans se presser, avec un plaisir de gourmet. C'était le roi de la soirée.

Et Grand-mère? J'aurais compris qu'elle explose de colère ou qu'elle boude mais rester pétrifiée toute la soirée, sans parler, sans manger, sans bouger, n'était-ce pas inquiétant? Mes amies et les cousins se tournaient parfois de son côté, intrigués. N'y tenant plus, je me suis approchée et je lui ai chuchoté à l'oreille :

– Grand-mère, je t'ai vue en photo, sur le bureau de Grand-père. Tu portais une jupe plissée à pois et un corsage blanc. Tu étais grassouillette mais drôlement mignonne.

Elle n'a pas bronché mais ses mains ont attrapé la fourchette et le couteau. Elle a essayé de couper la tranche de porc; sa main tremblait et son couteau dérapait. J'ai vu Grand-père se pencher vers elle et je l'ai entendu murmurer :

– Et maintenant, je vais t'expliquer.

Pendant qu'il lui parlait à voix basse, j'ai demandé à l'Oncle Richard :

– Tu as préparé un gâteau? Ça la met toujours de bonne humeur.

Mon oncle préféré a haussé les sourcils, comme pour signifier : « On ne peut pas tout faire ! »

– J'ai acheté un baba au rhum à la pâtisserie, m'a-t-il répondu. Je ne sais pas s'il est bon.

Dès que les fromages ont été terminés, j'ai changé les assiettes et servi tout le monde en commençant par Grand-mère.

– Tu me diras s'il est bon, lui ai-je chuchoté au passage.

Elle a levé les yeux sur moi et a battu des paupières comme si elle se réveillait. La conversation n'avait pas duré longtemps et Grand-père souriait en tripotant ses boutons de manchettes. Sans plus attendre, j'ai enfourné une cuillère de baba. Par tous les démons de la pâtisserie! Cette espèce de masse spongieuse nageant dans de l'eau sucrée était impossible à manger, même pour moi qui ai toujours faim. Grand-mère venait de porter la fourchette à dessert à la bouche et, constatant que je la fixais, elle s'est empressée d'avaler. Soudain, son visage s'est éclairé d'un sourire que je ne lui connaissais pas, ses yeux se sont allumés et elle a bondi de sa bergère.

– Oh, ma fille! m'a-t-elle dit après avoir plaqué deux baisers retentissants sur mes joues. C'est le meilleur gâteau que j'ai jamais mangé!

Maintenant, les filles dorment. A la lumière de ma lampe électrique, j'écris les derniers événements de la journée sur mon carnet bleu. Demain, un jour avant le départ – oui, déjà! – nous passerons la journée au Château d'En-Bas pour fêter la guérison de Grand-père, et la réconciliation avec les garçons. (Je me demande quel gâteau je préparerai.) Tous ensemble, nous jouerons au Trivial Poursuit et au Pictograf. Et puis nous attaquerons le plan de travail de notre Livre d'Or avec Grand-père et Oncle Richard. Je pense déjà à ma contribution... elle sera facile. Je n'aurai plus qu'à reprendre les notes de ce carnet en ajoutant un peu par-ci et en coupant beaucoup par-là.

Rien qu'à l'idée de repartir à l'aventure, j'ai envie de pousser le cri du loup... Ououuuuuuh!

GÂTEAU AU POTIRON

POUR 4 PERSONNES

INGRÉDIENTS : *100 g de potiron, 4 cuillerées à soupe de sucre en poudre, 4 cuillerées à soupe de farine, 1 œuf, un peu de lait, 80 g de beurre, 1 cuillerée à soupe de rhum, 1 pincée de sel.*

OBSERVATION : les morceaux de potiron pèsent généralement plus de 100 g. Adapter les proportions en fonction du poids.

Découper en petits cubes le morceau de potiron. Les mettre dans une casserole remplie d'un peu d'eau. Faire cuire à feu doux, à couvert. Quand le potiron peut facilement s'écraser, jeter le jus et passer les dés à la moulinette. Ajouter le beurre. Mélanger le potiron et le beurre. Ajouter le sucre et la farine. Mélanger. La pâte doit être crémeuse. Ajouter l'œuf entier, le lait, la pincée de sel et, au dernier moment, une bonne cuillère à soupe de rhum. Mélanger intimement. Faire cuire à four doux dans un moule beurré.

RÉGAL AU CHOCOLAT

POUR 4 PERSONNES

INGRÉDIENTS :

125 g de chocolat noir, 80 g de beurre,
125 g de sucre en poudre, 3 œufs,
80 g de farine, 1 cuillerée à
café de cardamome pilée,
1 pincée de sel.

Faire fondre ensemble le chocolat et le beurre sans laisser bouillir.

Ajouter le sucre en poudre, la pincée de sel, les jaunes d'œuf, la farine et la cardamome. Puis incorporer les blancs battus en neige très ferme. Remuer, étendre dans un moule beurré.

Faire cuire 20 mn à four doux (thermostat 6).

APPLE CRUMBLE

POUR 6 PERSONNES

INGRÉDIENTS : *Pour la compote : 1 kg de pommes reinettes, 80 g de raisins secs, 2 cuillerées à soupe de sucre roux, 1/2 cuillerée à café de cannelle moulue.*

Pour le crumble : 185 g de farine, 40 g de sucre semoule, 80 g de beurre ramolli, 1 pincée de sel.

Touche finale : 1 pot de crème fraîche.

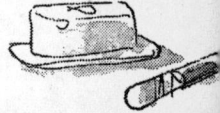

Couper les pommes en lamelles. Faire fondre le beurre dans la poêle, ajouter les pommes, le sucre, la cannelle, les raisins secs et laisser cuire 20 minutes en remuant de temps à autre.

Beurrer un plat à tarte. Étaler la compote.

Préparer le crumble : mélanger la farine, le sucre, et le sel. Incorporer le beurre mou. Émietter le mélange qui doit avoir la consistance du sable.

Parsemer la surface de la compote de crumble.

Mettre à four chaud (thermostat 7) pendant 25 mn.

Déguster avec de la crème fraîche.

GÂTEAU AU FROMAGE BLANC

POUR 6 PERSONNES

INGRÉDIENTS : *50 g de beurre ramolli, 4 œufs, 300 g de fromage blanc, 2 cuillerées à soupe de crème fraîche, 150 g de farine, 150 g de sucre en poudre, 3 cuillerées à soupe de raisins secs, 2 cuillerées à soupe de rhum, 1 cuillerée à café de levure, 2 cuillerées à café de cannelle moulue.*

Remuer au fouet le beurre et 1 cuillerée à soupe de sucre en poudre. Casser un œuf et mélanger. Ajouter les 150 g de farine. Mélanger et laisser reposer 2 heures au frigo.

Laisser gonfler 2 heures les raisins secs dans le rhum. Ajouter la crème fraîche au fromage blanc. Mélanger au fouet.

A part, battre les 3 œufs et le sucre en poudre. Dans un petit bol, bien mélanger 3 cuillerées à soupe de farine et la levure. Verser le mélange sucre-œufs dans le mélange au fromage blanc, puis ajouter le mélange farine-levure et les raisins. Mélanger.

Beurrer un moule. Étaler la pâte qui reposait au frigo. Verser le mélange au fromage blanc. Faire cuire 1/2 heure au four (thermostat 5) puis 20 mn à thermostat 6.

Poser un papier d'aluminium beurré sur le gâteau, une assiette par-dessus, retourner, et enlever le moule. Au bout de 2 heures, le retourner. Saupoudrer de 2 cuillerées à café de cannelle.

TABLE DES MATIÈRES

OÙ ÊTES-VOUS NÉE ?
M. S.-D. A Toulouse, où mon père, Guy Saint-Dizier, a créé
une bière qui porte son nom. C'était aussi un inventeur.
Je suis heureuse de reprendre son nom.

OÙ VIVEZ-VOUS MAINTENANT ?
M. S.-D. A Paris, en plein quartier Latin, comme Manon, Sophie,
Alexis et Laurette.

*QU'EST-CE QUI VOUS A INSPIRÉ LES PORTES S'OUVRIRONT
SEPT FOIS ?*
M. S.-D. Ce récit est le deuxième (après *Ne jouez pas sur mon
piano !*) mettant en scène quatre amies de douze ans qui prennent
tour à tour la parole. Ici, tout est parti du personnage de Manon, qui
se trouve trop boulotte, et de ses cousins, qu'elle admire et déteste
à la fois ! J'avais envie qu'il lui arrive une véritable aventure
et que les souterrains que j'ai explorés dans mon enfance la mènent
à un vrai château.

ÉCRIVEZ-VOUS CHAQUE JOUR ?
M. S.-D. Oui, des fax à mes amies (coucou Christiane !),
les anecdotes rigolotes de mon quartier, la liste des courses, mes
rêves, sans oublier les recettes de gâteaux. Ecrire, c'est aussi ça.

EST-CE VOTRE PREMIER ROMAN? EN AVEZ-VOUS ÉCRIT BEAUCOUP?

M. S.-D. J'ai écrit une vingtaine de fictions, des documentaires et de nombreuses traductions. Ce récit est le premier que j'écris sous mon vrai nom.

* Marie Saint-Dizier a déjà publié sous le nom de Marie Farré :
Dans la collection Lecture junior :
Ne jouez pas sur mon piano! (premier volume des aventures de Manon, Sophie, Laurette et Alexis)
Pourquoi pas Perle?

Dans la collection Folio benjamin :
Devine qui vient goûter
Chante la pie

Dans la collection Folio cadet :
Papa est un ogre (avec Amato Soro)
Mina mine de rien
Mina change de tête

Dans la collection Découverte cadet :
Le livre de tous les pays (avec Raymond Farré et Georges Jean)

Dans la collection Découverte benjamin :
Qui a peur des crocodiles?
Le cochon et ses cousins
Insectes en famille
A l'abri des châteaux-forts
Étranges animaux de la préhistoire
La nature sauvage

Aux Éditions Milan :
Il y a quelqu'un dans mon terrier

Sous le nom de Marie-Raymond Farré :
Le livre de tous les pays (avec Georges Jean)
Les aventures de Papagayo (Folio cadet)
Ah! si j'étais un monstre... (Hachette, Poche-jeunesse)

Tiens, qui revoilà? Manon, Sophie, Alexis, Laurette... Moi, calé dans mon fauteuil, le manuscrit dans une main, je dessine la fine équipe lancée sur les routes escarpées ou patageant dans la vase au fond d'un puits. Les filles s'enfoncent dans un souterrain... Deux pages plus loin, le souterrain s'est transformé en labyrinthe.

FRANÇOIS LACHÈZE NOUS RACONTE COMMENT IL A ILLUSTRÉ LES PORTES S'OUVRIRONT SEPT FOIS

Écoutez-les : nos héroïnes craignent le Minotaure. Vont-elles s'arrêter? Revenir sur leurs pas? Pas du tout. Elles continuent.

Je vais les suivre sans faire de bruit. L'illustrateur doit être discret. Tout dans les dégradés de gris. Autrement les personnages risquent de se crisper, de prendre la pose; ils vont essayer de se mettre en avant et ça, je crois que l'auteur ne l'apprécierait pas du tout. Pour les décors, j'ai tout dessiné en grand. Pourquoi? Parce qu'à l'âge de nos quatre amies, on voit tout plus grand. Si vous ne me croyez pas, revenez donc dans une vingtaine d'années dans un endroit que vous connaissez maintenant. Vous verrez, celui-ci vous semblera bien plus petit! D'ici là, moi, j'attends la suite de leurs aventures...

François Lachèze a illustré Tu vaux mieux que mon frère *de Jean-Paul Nozière et* Ne jouez pas sur mon piano! *dans la collection Lecture Junior. Il travaille également pour la presse, en particulier le magazine* Elle.

Si vous aimez les **énigmes**
vous vous passionnerez
pour les titres suivants

dans la collection FOLIO **JUNIOR**

SANS ATOUT ET LE CHEVAL FANTÔME
Boileau-Narcejac

n° 476

Le père de Sans Atout, Me Robion, veut vendre le château familial de Kermoal. C'est le cœur serré que le jeune garçon retrouve, pour ses dernières vacances, la vieille forteresse et les Jaouen, qui veillent sur le lieu et l'habitent toute l'année. Mais pourquoi parlent-ils tous si bas? Sans Atout sent planer un mystère…

SANS ATOUT
CONTRE L'HOMME À LA DAGUE
Boileau-Narcejac

n° 624

Prisonnier dans son cadre, l'Homme à la dague toise Sans Atout. Le jeune garçon, bien que fasciné par le tableau, supporte difficilement le regard d'acier qui semble suivre ses moindres mouvements. Se pourrait-il que cet étrange personnage soit vivant? Hypothèse qui paraît invraisemblable. Pourtant, un soir, l'Homme à la dague disparaît! Sans Atout est persuadé d'avoir reconnu sa silhouette qui s'enfuyait au fond du parc. Ce portrait, qui a toujours porté malheur à ses propriétaires, va-t-il jouer un mauvais tour à M. Royère, son actuel possesseur?

LES PISTOLETS DE SANS ATOUT

Boileau-Narcejac

n° 604

Invité à passer un mois de vacances à Londres, chez son ami Bob Skinner, Sans Atout craignait de trouver le temps long! Les événements se chargeront de le rassurer. D'abord en mettant Tom – un automate obéissant à la voix – sur son chemin; ensuite, en faisant disparaître l'inventeur de Tom, qui est aussi le père de Bob! puis en faisant apparaître un mystérieux visiteur... Mais, au fait, où sont passés les pistolets de duel qui appartenaient au grand-père de Bob? Quel rôle joue miss Mary? Compliqué, tout cela? Pour nous, peut-être, mais pas pour Sans Atout!

L'INVISIBLE AGRESSEUR

Boileau-Narcejac

n° 703

Le vieux châtelain d'Oléron est mort avant d'avoir pu vendre son château. Mais sa disparition n'a rien de vraiment naturel : il a été assassiné. Ce meurtre dans un château qu'on dit hanté ne peut qu'éveiller la curiosité de Sans Atout. Le jeune détective décide de mener l'enquête et fait d'étranges découvertes. Mais qui s'ingénie à effrayer les hôtes de la vaste demeure ? Bientôt un second assassinat vient encore compliquer l'affaire...

LA VENGEANCE DE LA MOUCHE

Boileau-Narcejac

n° 704

Les serpents, la chaleur accablante, la longueur des après-midi dans une petite station thermale... Pourquoi Sans Atout a-t-il accepté d'accompagner son père ? Et pourquoi l'avocat prête-t-il tant d'intérêt à des événements vieux de plus de trente ans ? Quel secret cache Gustou, le muet, qui vit depuis la fin de la guerre dans les ruines de sa ferme incendiée ? La curiosité de Me Robion ne semble pas du goût de tout le monde...

LA VINDICTE DU SOURD

Michel **Chaillou**

n° 560

Que se passe-t-il de si épouvantable à Beg Rohu ? Chad, douze ans, se retrouve mêlé à une aventure commencée vingt ans auparavant aux îles Kerguelen...

LE CHIEN DES BASKERVILLE

Arthur **Conan Doyle**

n° 562

Les circonstances dramatiques de la mort de Sir Charles ont réveillé le souvenir de l'antique malédiction qui pèse sur la famille des Baskerville : en effet, dès que l'heure de la mort a sonné pour l'un d'eux, un démon lui apparaît sous la forme d'un chien monstrueux. Sherlock Holmes envoie son fidèle compagnon, le docteur Watson, veiller sur Sir Henry Baskerville, dernier héritier de la famille, tandis que lui-même mène son enquête à l'insu de tous...

LES **MASSACHUSETTS** PRENNENT LA PLUME

Régine **DETAMBEL**

n° 805

C'est l'été et les grandes vacances ont dispersé les Massachusetts aux quatre coins de la France. Nos trois détectives, Manon, dite la Sauterelle, Nif-Nif le coquet, Saturne le fort en thème, sans oublier Mes-Nattes le mainate, passent leurs vacances à des endroits très différents. Mais peu importe le lieu, mer, montagne ou ville, il y a toujours quelque part une énigme à résoudre pour les Massachusetts. Et pour échanger leurs idées, décrire leurs indices, émettre leurs hypothèses, nos trois détectives se saisissent de leur bloc de papier à lettres. Il en résulte trois courtes enquêtes qui se tissent et se combinent au fil des missives.

TRINI FAIT DES VAGUES

Pierrette **FLEUTIAUX**

n° 807

Trini vit seule avec sa sœur Séréna, inspecteur de police, ce qui a valu à la fillette le surnom de Fliquette. Toutes deux passent leurs vacances à Royan. Trini s'ennuie sur la plage pendant que Séréna potasse le concours de commissaire de police... mais d'inquiétants événements se produisent : une jeune fille disparaît ; au rayon des jouets du supermarché, les poupées Barbie sont lacérées. Accompagnée de sa souris Mousie et de son ami William, Trini mène l'enquête...

CALLAGHAN PREND LES COMMANDES

Paul **Gadriel** et Bruno **Sergent**

n° 807

En sillonnant les rues de Paris pour livrer les Tonkinoises et autres Neptunes de « Papa Pizz' », on en voit de toutes les couleurs. Surtout lorsque, comme Callaghan, on a quatorze ans et que l'on tombe facilement amoureux. Pour la belle Sooran, Callaghan veut bien jouer les facteurs entre l'ambassade de Malaisie et les laboratoires Aspre-

mer. Mais le jour où il découvre qu'il est suivi par une voiture immatriculée Corps Diplomatique, il comprend que cette histoire est louche! Trop tard... les pirates industriels sont aux trousses du petit livreur de pizzas!

LE MYSTÈRE DE LA CHAMBRE JAUNE
Gaston Leroux
n° 685

Qui a tenté d'assassiner Mlle Stangerson? Comment l'assassin a-t-il pu s'enfuir d'une chambre qui est restée fermée de l'intérieur? Joseph Rouletabille, reporter de son état, détective par vocation, cherche une explication. Mais comment aborder une telle affaire? «Par le bon bout de la raison», proclame Rouletabille. Et, de déduction en déduction, il découvre l'incroyable vérité...

LE PARFUM DE LA DAME EN NOIR
Gaston Leroux
n° 710

Depuis que le mystère de la chambre jaune a été élucidé par Rouletabille, le célèbre reporter, rien ne semble plus s'opposer au mariage de Mathilde Stangerson et de Robert Darzac. Mais celui-ci est à peine conclu que le bonheur des jeunes époux est menacé: de vieux démons ressurgissent du passé, un homme disparaît, un autre est assassiné...

LE SCARABÉE D'OR

Edgar Allan **Poe**

n° 596

William Legrand aurait-il perdu la raison ? Depuis qu'il a découvert un étrange scarabée d'or près d'une épave échouée sur la plage, il ne cesse d'aller et venir en marmonnant, d'aligner des colonnes de chiffres, quand il ne disparaît pas des jours entiers. Est-il bien raisonnable de le suivre en pleine nuit, comme il l'a demandé, pour aller déterrer un trésor qui ne peut exister que dans sa fiévreuse imagination ?

DOUBLE ASSASSINAT
DANS LA RUE MORGUE

Edgar Allan **Poe**

n° 541

En pleine nuit, des cris épouvantables réveillent les habitants du quartier Saint-Roch. Dans le conduit de la cheminée, au quatrième étage, on découvre une jeune fille étranglée. Sa mère gît sur les pavés de la cour, décapitée. Comment un tel crime a-t-il pu se produire alors que la porte et les volets de la chambre, affreusement dévastée, sont verrouillés de l'intérieur ?

Une ténébreuse énigme, suivie de la non moins magistrale Lettre volée.

L'ÉTRANGE CAS
DU DR JEKYLL ET DE MR HYDE

Robert Louis **Stevenson**

n° 635

Obsédé par la découverte qu'en tout individu cohabitent deux êtres, l'un bon et l'autre mauvais, le Dr Jekyll cherche et trouve le moyen de se dédoubler physiquement en absorbant une substance chimique de son invention. Mais il lui faut prendre d'extrêmes précautions afin que personne dans son entourage ne se doute que le célèbre Dr Jekyll, excellent homme, se transforme, à certaines heures, en un être démoniaque qui erre, la nuit, dans les quartiers les plus sordides de Londres : le sinistre Mr Hyde...

ISBN : 2-07-050370-4

Loi n° 49-956 du 16 juillet 1949
sur les publications destinées à la jeunesse
Dépôt légal : février 2002
1er dépôt légal dans la même collection : mai 1997
N° d'édition : 11568 - N° d'impression : 58238
Imprimé en France sur les presses de la Société Nouvelle Firmin-Didot